Allitera Verlag

edition monacensia
Herausgeber: Monacensia
Literaturarchiv und Bibliothek
Dr. Elisabeth Tworek

Oskar Maria Graf

Der harte Handel

Ein bayrischer Bauernroman

Text der Erstausgabe von 1935

Mit Oskar Maria Grafs »Der gute Handel«
und seiner Einführung zum Roman im Anhang

Nachwort von Ulrich Dittmann

Münchner Stadtbibliothek
*M*onacensia
Literaturarchiv und Bibliothek

Allitera Verlag

Weitere Informationen über den Verlag und sein Programm unter:
www.allitera.de

Mai 2012
Allitera Verlag
Ein Verlag der Buch&media GmbH, München
Copyright © by Ullstein Buchverlage GmbH, Berlin
1994 erschienen im Paul List Verlag in der Südwest Verlag GmbH&Co.KG, München
© 2012 für diese Ausgabe: Landeshauptstadt München/Kulturreferat
Münchner Stadtbibliothek
Monacensia Literaturarchiv und Bibliothek
Leitung: Dr. Elisabeth Tworek
und Buch&media GmbH, München
Umschlaggestaltung: Kay Fretwurst, Freienbrink, unter Verwendung des Bildes
»Bauernhof am Hintersee« von Paul Schuch
Herstellung: Books on Demand GmbH, Norderstedt
Printed in Germany · ISBN 978-3-86906-012-5

Inhalt

Kleine Vorbemerkung

D ieser Roman behandelt einen Kriminalfall aus meiner bayrischen Heimat. Die ersten Kapitel entstanden während der letzten Wochen der Kanzlerschaft Brünings, in der Ära Schleicher wurde die Arbeit fortgesetzt und als das Manuskript beendigt war, übernahm Adolf Hitler in Deutschland die Macht. Da ich durch Herkunft, Landschaft und Sprache, durch die Art des Lebens und Denkens mit den bayrischen Bauern tief verbunden bin, erwuchsen mir alle notwendigen Kenntnisse stets aus dem täglichen Mitleben, nie aus dem toten Material der Information. Grade in jener Zeit, als ich diesen Roman schrieb, konnte ich die schrecklichen Formen der Bauernnot, welche die Verschärfung der Weltwirtschaftskrise mit sich brachte, aus nächster Nähe beobachten. Ich habe aber auch alle Schattierungen des bäuerlichen Sich-zur-Wehr-setzens mitgemacht und ich erlebte die mehr als drastischen Auswirkungen der gesetzgeberischen Maßnahmen, welche die genannten Regierungen zur Behebung dieser Not, zur »Gewinnung der bäuerlichen Seele« und zur sogenannten »Gesundung des Nährstandes« erließen. Wenn mein Roman auch all diese Erscheinungen nur, soweit dies notwendig ist, im Darstellerischen berücksichtigt, so glaube ich doch, daß der Leser damit ein besseres und lebendigeres Bild gewinnt als durch trockene Denkschriften, Statistiken und Referate. Joseph Lederer, der Held der Handlung, und seine Nebenspieler sind typische bayrische Bauern. Nie hat dieser Bauer ein besonderes Vertrauen zum Staat und seinen Regierungen gehabt. Sein Mißtrauen den »Oberen« gegenüber ist unausrottbar. Er verachtet jedes Gesetz, das in sein Leben hineingreift. Er ist stets gegen jene Mächte, von denen er glaubt, daß sie ihm seinen Besitz streitig machen.

Immer gingen die deutschen Gesetzgeber von der – man kann ruhig sagen – furchtsamen Voraussetzung aus, man müsse diesen Bauern noch besitzbewußter machen. Die Brüningschen Entschuldungs-Experimente bäuerlicher Betriebe, der seinerzeitige Hugenbergsche

Vollstreckungsschutz und das so viel gerühmte nationalsozialistische »Erbhofgesetz« lösen den Bauern gewissermaßen immer mehr aus der sozialen Gemeinschaft heraus. Sie machten und machen ihn nur noch antisozialer und privater und ändern dennoch nichts an seiner wirtschaftlichen Lage. Die Joseph Lederers werden also solange bleiben wie diese Staaten.

Dieser Roman ist Studie und Bild zugleich. Aus dem Gefühl einer sozialen Verantwortung heraus habe ich es immer als meine schriftstellerische Aufgabe betrachtet, die Menschen und Zustände so zu schildern, wie sie wirklich sind. Wer die Wirklichkeit aufhellt und ihr eine unzweideutige Gestalt zu geben vermag, der schafft Erkenntnisse für die Zukunft. Mag's auch so mit diesem Buch sein.

Oskar Maria Graf

I.

Es war eine frische, mondhelle Märznacht. Ganz ausgesternt wölbte sich der blanke Himmel, rundum auf den schneefreien, aufkeimenden Feldern stand ein dünner Dunst, und es roch kräftig nach Dung und feuchter Erde.

Auf der ausgefahrenen Gemeindestraße, die von Weimberting nach Besenberg durch leicht hügelige Äcker führt, ging der Amrainer-Sepp, mit seinem richtigen Namen Joseph Lederer, torkelnd heimwärts. Ärgerlich stieß er seinen dicken Weichselstecken oft und oft grimmig auf den Boden und knurrte halblaut vor sich hin: »Und grod mit Fleiß mog i 'it! Grod mit Fleiß 'it!« Er war beim Unterbräuwirt in Weimberting gewesen und hatte dem ein schlachtbares Kalb angeboten. Ein zäher, schandmäßig schlechter Handel war daraus geworden. Immer wieder war der Wirt von der eigentlichen Sache abgewichen, hatte dem Sepp eine Maß Bier um die andere aufgeschwatzt und dabei den Preis des Kalbes unglaublich tief herabgedrückt.

»I mog Di (mag dich) it drucka (nicht drücken), Sepp! I mog dös it!« biederte der Wirt in einem fort. »Und i brauch aa (auch) Dei' Kaibi (Kalb) it! Absalut it! I reiß' mi it drum, wia gsogt! Und um *den* Preis scho glei gor it! Ausgschloss'n! I kriag ja Kaibin ganze Pack jetz'! Schier 's Haus laffa s' mir jetz' ei, d'Baurn!« Das war auch nicht gelogen. Der Wirt als größter, zahlungskräftigster Metzger weit und breit, der konnte leicht Preisschinden. Froh war jeder Bauer, wenn er überhaupt kaufte. Immer noch besser, als sein Vieh auf gut Glück auf den Markt treiben, die Zeit damit zu versäumen, unnütz Geld auszugeben und dabei sich zuguterletzt mit jedem Preis abzufinden. Jetzigerzeit nämlich war es nicht mehr wie anno in der Inflation und in den etlichen guten Jahren danach, wo die Aufkäufer und Metzger von weiß Gott woher kamen und sich geradezu um das Schlachtvieh rissen. Wie weggeblasen waren sie seither. Die Märkte stockten. Handel und Wandel auf der ganzen Welt waren verfahren. Mitunter sah's direkt aus, als würde überhaupt kein Fleisch mehr gegessen. Beim Metzger war es sündteuer, aber der Bauer bekam für das Lebendgewicht kaum seine Futterkosten herein. Und so war es auch mit allem, was aus dem Boden kam. Niemand konnte sich dieses Mißverhältnis erklären, aber jeder mußte darüber klagen. Mürb, kleinlaut und verbittert waren die Bauern allerorten, und die gesetzgeberischen Maßnahmen besserten nicht das mindeste. Zuerst war das sogenannte Notschlachten streng verboten, denn die Metzgerinnungen ließen eine solche Schädigung ihrer Interessen nicht zu. In seiner Verzweiflung griff mancher Bauer zur Selbsthilfe. Er nahm das Beil, schlich nachts in den dunklen Stall und schlug unbarmherzig seiner Menzkuh oder dem Kalb den Fuß ab. In der Frühe hing das geschlachtete Stück Vieh bereits in der Tenne, und dem fleischbeschauenden Trostinger Tierarzt log und jammerte man die Ohren voll über ein solches »Unglück«. Er konnte nichts einwenden, stempelte die Stücke und gab die Genehmigung zum Verkauf. Das brachte immer noch mehr ein, als sein Vieh dem Unterbräuwirt zu geben. Der hatte überall seine Aufpasser und Zuträger und war unerbittlich. Er pochte auf sein Recht. Er ging her und zeigte die Sache kurzerhand an. Von der Tenne heraus wurde dem Bauern das Fleisch beschlagnahmt. Sie mußten es nach Trosting auf die Fleischbank geben und dort wurde es für einen noch elendigeren Preis an die Stadtarmen verkauft.

Indessen die Bauernnot stieg und stieg unaufhaltsam. Jetzt hob die Regierung das Notschlacht-Verbot auf, aber leider – wer sollte denn bei diesem Elend auf einmal soviel Fleisch kaufen? Nun stand wieder das Vieh im Stall und fraß das teure Futter weg. Der Preis für Lebendgewicht sank und sank von Tag zu Tag. Da hatte der Unterbräuwirt ein leichtes Machen.

Der Amrainer-Sepp war kreuzfuchtig. In einem fort mußte er an das sinnlos ausgegebene Geld denken. Jahr und Tag kam es nicht vor, daß er vier Maß Bier trank, denn die Amrainers von Besenberg waren von jeher als die geldgierigsten, geizigsten Leute bekannt, und der allerknauserigste davon war der Sepp. Samt all seiner Sparsamkeit aber: sein Pech war schier noch größer. Die meisten Bauern hatten in der seligen Inflationszeit ihre Häuser hergerichtet, hatten sich Elektromotoren und landwirtschaftliche Maschinen gekauft. Beim Amrainer geschah nichts dergleichen. Der uralte Hof blieb, wie er war – und das viele, viele Geld aus selbiger Zeit lag heute noch in der Truhe. Nicht einmal das Verbrennen war es wert. Darüber war der Sepp ganz verbissen geworden. Insonderheit schon deswegen, weil er wegen dieser bockstarren Dummheit noch den Spott auch einstecken mußte.

Wieder fiel ihm der Unterbräuwirt ein. Er reckte seinen baumlangen Körper und schnaubte hart auf. Sein Kopf war bierschwer, sein Hirn dumm und stumpf, sein Magen rumorte. Säuerlich stieg's von der Gurgel herauf, wenn er rülpste, und blieb ekelhaft kleben auf der speichligen Zunge. Der Sepp spie aus. Spie und schluckte alsdann wieder. Er verfluchte den erbärmlichen Stand des Bauern in jetziger Zeit, verwünschte sein Kalb, die ganze derzeitige Staatsordnung, doch die meiste Wut hatte er über den fetten, abgebrühten Unterbräuwirt. Während des ganzen Schacherns nämlich hatte der ewig so verfängliche, spöttische Zwischenfragen eingeschoben. Zum Beispiel warum er – der Sepp – mit seinen zweiunddreißig Jahren noch immer keine Schneid zum Heiraten habe? Wo er doch, seit sein älterer Bruder Xaverl im Feld gefallen sei, einziger Erbe des fast schuldenfreien Hofes wäre? Und wo doch Bauerntöchter grad nach der Auswahl rundum seien? Und noch dazu und obenauf: Seine Mutter wär' doch gottfroh, wenn sie übergeben könnte!

»Jetzt hot Dir doch d'Brandversicherung scho Dei' Stodl (Heustadel) neu herbaut!« warf der Wirt frech hin. »Und wennst jetzt noch an richtigen Batzn Geld d'erheiratst, kannst D' doch Dein'n Hof leicht neu herrichtn…«

Heiraten? Der Sepp bekam bei diesem Wort stets ein Gesicht, als beiße er in eine saure Zitrone. Mißtrauisch und verschlossen von jeher, waren ihm besonders Weibsbilder zuwider. Für ihn gab's nur eins: Arbeiten, wiederum arbeiten und – raffen. Den Leuten ging er aus dem Weg. Weiß Gott, was das war mit ihm, er paßte nirgends dazu. »Ah! Ah, jetzt loß mir doch amoi (einmal) a Ruah mit Dein'n Heiraten!« wich er dem Wirt aus, aber der ließ nicht locker und zum Schluß sagte er gleich gar: »No! I versteh' Di it, Sepp…? Ja Herrgott! Du wartst gwiß, bis Dir der Hof aa no o'brennt, daß Dir d'Versicherung a neu's Haus herbaut?« »Ah! Ah! Mei Ruah loß mir! Ah! Ah!« machte der Sepp wie in einer Zwickmühle und wurde verlegen. Dann ging er.

Er kam jetzt auf der Besenberger Höhe an und blieb stehen.

»Sauwirt, windiger!« brummte er mürrisch und schaute rundherum. Das weite Land lag tot und still da. Der hohe Mond verbreitete eine ungewöhnliche Helligkeit und die Hügel sahen aus wie mächtige

Wellen. Weit vorn um die Höhen schob sich der Trostinger Forst im Halbrund wie eine dunkle Mauer vor den Himmel. Von Freiselfing zog er sich herüber bis nach Pfreimding, das rechter Hand auf einem schrägen Buckel pappte. Linker Hand verliefen sich die Hänge und flachten ab. In der Ferne zackte sich undeutlich das Gebirge. Drunten in der sanften Mulde tauchte das weitläufige Dorf Besenberg auf, und gleich das erste, lang hingestreckte Bauernhaus ohne Zaun herum, das ungefähr wurfweit davon entfernt, seitab von der Straße ganz einschichtig auf einer leicht erhöhten Wiese stand, das war der Amrainerhof. Ein flaches, breit auslaufendes Dach hatte es, und vorne wie auch an den Seitenfronten lief eine schiefhängende, hölzerne Altane. Die Fenster waren winzig klein. Hinten die Tenne war ganz aus Holz Eine Auffahrt mit Hohlbrücke führte in diese und unter der Tenne lagen Wagenremise und Stall. Weiter weg, in der Wiese, ragte der neue, scharf viereckige Heustadel auf.

Der Sepp hob sein stoppelhaariges, hageres Schnurrbartgesicht, prüfte wie witternd die Umgebung und wurde ruhiger. Er sah scharf, immer schärfer auf den Heustadel, dann wieder auf das geduckte, dunkle Haus daneben, und seine etwas hervorgequollenen Glotzaugen wurden nach und nach belebter. Es war, als überlege er. Ein zerschlissenes Lächeln huschte über seine Züge. Er fuhr mit dem Daumen und Zeigefinger in die linke Westentasche, grub eine Weile darin herum und zog nacheinander vier Fünfmarktaler heraus. Er wog das Geld nachdenklich in seiner schwieligen Handmuschel und schien keinen Groll mehr zu haben.

»Ah! Do muaß er ja!« kam es wie von selbst über seine Lippen. »Dös is doch Sach' gnua (genug)!« Er fuhr leicht erschreckt zusammen, als jetzt die Besenberger Kirchenuhr dreiviertel Zwölf schlug, ließ schnell die Taler wieder in seine Westentasche gleiten und ging hastiger weiter.

Erst kurz vor dem Amrainerhof verlangsamte er seine Schritte. Drüben beim Leerbacher bellte der Hund auf und da und dort antworteten welche von den Nachbarhäusern. Der Sepp knirschte unterdrückt und trat von der Straße auf den weichen Feldrain. Behutsam schlurfend ging er jetzt dahin, und als er endlich an der feuchten, abgebröckelten Stallwand des Hauses angelangt war, lauschte er angestrengt. Das Bellen hatte aufgehört. Alles schlief in tiefster Ruh'. Schmal an die Wand gedrückt tappte der Sepp weiter bis zum Fenster der Knechtkammer, die hier zu ebener Erde neben dem Stall lag. Er besann sich. Sein Herz schlug. Ganz wach und klar war er wieder.

»Wastl! He! Wastl!« keuchte er und klopfte an die Fensterscheiben. Drinnen räkelte sich jemand im Schlaf. »Wastl! He! Aufmach'! I bin's, der Sepp!« wiederholte er dringlicher. Der Knecht gab Antwort, kroch mühselig aus dem Bett und kam auf das Fenster zu.

»Geh weita, mach!« drängte der Sepp draußen noch mehr und: »Ja! Jaja! Wos is's denn schon wieda?« wimmerte der Knecht ziemlich mürrisch. Er tat den einen wackligen Fensterflügel auf und fragte halblaut und ungeduldig: »Wos wuist (willst) denn scho wieda?« Ihm war schon etliche Tage nicht gut. Gestern hatte er sich hinlegen müssen. Elendiglich jammerte er, der Sepp sollt' ihn doch endlich in Ruhe lassen mit seinem Zeug, das komme ja doch einmal auf.

»So sei doch stad (still)! Eini loß mi, mach!« beschwichtigte ihn der Sepp aufgeregt hastig. »Mach!« Der Knecht kam an die hintere Stalltür und ließ den Bauern herein. Vorsichtig tappten sie durch das winklige, dämpfige Dunkel. Das Vieh im Stall nebenan schnaubte gemächlich, ein Roß prustete und eine Henne gackerte schlaftrunken. Eilsam schloff der Sepp in die Knechtkammer und zog den Wastl mit. Er drückte behutsam die Türe zu, hörte nicht auf das Gebrumm des Knechtes, der sich wieder ins Bett legte, hockte sich auf den Holzschemel und schnaufte sich ein wenig aus.

Gutding eine Stunde blieben die zwei beieinander. Nur der fahle Mond blinkte zum Fenster herein. Nichts rührte sich im Haus, nur ihr halblautes Flüstern füllte die Kammer.

»Ah! Dei' Kranksei' ist doch dös best' Alibi!« sagte der Sepp einmal, als der unmutige Knecht sich wieder so sträubte.

»Mit'n Stodl is's doch aa ganga und koa Mensch hot's gspannt,« erinnerte er und setzte dazu: »Dös muaßt D' doch ei'kenna, daß i dö oit (alte) Kaluppn it übanehma mog!«

Mit einem Fünfmarktaler fing der Handel an. Beim dritten meinte der Knecht immer noch, er mag nicht. Und überhaupt – hundsmiserablig sei er beieinander, wenn's nicht besser werde, gehe er ins Krankenhaus. Der Sepp ließ nicht nach. Er fand die besten Töne. Beim vierten Taler schließlich bekam er das Übergewicht.

»Und dös sog i Dir, Wastl – wenn i amoi Baur bin, i woaß wos mei Pflicht und Schuidigkeit is,« sagte er fast pathetisch und setzte noch wärmer dazu: »I loß Di' seiner Lebtog nimma an Stich!« Er drückte die vier kalten Taler in die heiße Hand des fiebernden Knechtes und stand auf: »Konn i mi verloßn, Wastl? Machst ös?«

»Ja-ja! Ja-ja!« gab der Knecht sein Wort.

»Ganz gwiß?«

»Ja-ja, daß a Ruah is!« stöhnte der Wastl abermals und drehte sich ächzend um. Der Sepp wünschte ihm eine gute Nacht und schlich durch den Stall in seine Schlafkammer hinauf. Am andern Tag nach der Neun-Uhr-Brotzeit machte er sich auf, ging nach Trosting hinüber, fuhr von da aus auf der kleinen Lokalbahn bis nach Trudering und langte gegen Mittag in Keferloh auf dem Roßmarkt an. Komisch, er hätte es eigentlich mit dem Gehen einfacher gehabt. An solch heiteren Tagen, wenn man gut Schritt hielt, war man in vier und einer halben Stunde dort. Der Sepp sparte stets das Fahrgeld. Diesmal aber sah es aus, als möchte er möglichst schnell weit weg von Besenberg kommen.

»Guatding Nocht werd's scho, bis i wieder kimm!« hatte er zu seiner Mutter gesagt. Das war schon viel. Die zwei standen arg wortkarg miteinander.

»Meintwegn kimmst, wennscht mogst …! Werst (Du wirst) scho an rechtn Heita (minderwertigen Gaul) mitbringa!« warf die alte Amrainerin hin, bekam aber keine Antwort mehr.

Es wurde Nacht. Das Gebetläuten war schon lang vorüber. Beim Amrainer schliefen sie und das Dorf lag wie eingesargt. Hinten in der Amrainertenne fing es fein und dünn zu knistern an. Langsam wurde das Vieh im Stall unruhig, riß schnaubend an den Ketten und fing schließlich zu brüllen an. Plötzlich schlug das Feuer durch das dürre Dachgebälk. Die erhitzten Ziegel zersprangen und fielen krachend herab. Der Leerbacher-Toni schrie als erster durch das offene Ehekammerfenster: »Brenna tuat's Brenna tuat's!« und im ganzen Dorf wurde es rebellisch. Die Leute liefen zusammen. Die Kirchenglocken der Umgegend fingen zu läuten an. Die Feuerwehr rückte aus und war machtlos. Ein Höllenlärm umfing das brennende Haus, und es blieb eigentlich nichts weiter übrig, als den Heustadel vor dem Brand zu schützen.

Mit zerzaustem Haar, in der Nachtjacke und im Barchentunterrock, barfuß in Pantoffeln, so kam die alte Amrainerin ins Freie gelaufen. Die Dirn sprang plärrend von der Altane herab und verstauchte sich den Fuß. Mit knapper Not konnte man den kranken Knecht aus seiner qualmenden Kammer erretten, denn die Feuerwehrmänner hatten das Vieh abgehängt und trieben es mit aller Mühe durch die ausgerissene Türe. Die Rösser jagten wiehernd und wie wildgeworden in die durchflackerte, weite Dunkelheit, aber die Kühe drückten sich furchtsam und verängstet aneinander, wölbten sich übereinander und wollten nicht von der Stelle; schleppen und halbtot prügeln mußte man sie, um sie außer Gefahr zu bringen. Die Säue hinwiederum rannten schauerlich plärrend im prasselnden Winkelwerk herum und zwei davon verbrannten. Die andern vier wollten, nachdem man sie endlich im Freien hatte, immer wieder in das Feuer und die aufgescheuchten Hennen gar, die gingen fast zur Hälfte zugrunde. Sie flogen schrill gackernd im Feuer auf und fielen herab in die Glut wie große, triefende Dolden.

Weinend und verschreckt stand die Amrainerin da und jammerte. Alles ging drunter und drüber. Die Weiber schrieen und klagten, die Männer stritten und regierten kopflos, und als die Weimbertinger, die Freiselbacher, Pfreimdinger und Trostinger Feuerwehren auf den Platz kamen, war der ganze Hof nur noch ein lodernder Feuerhaufen.

»Ja Himmikreizsakra, wo is denn eigentli der Sepp?! Der Sepp!!« schrie der Besenberger Feuerwehrhauptmann Lochbichler die weinende Amrainerin an, und auf einmal fragten alle so stürmisch, auf einmal wollte es jeder wissen, als hänge davon Rettung und Klärung ab.

»So! Z'Keeferloh …? Und dahoam brennt d'Sach o'!« schimpfte der Lochbichler. »Der is ja guat!«

Und der Lorinser meinte: »No, do kunnt er doch scho lang z'ruck sei! Ausgrechnat wenn's brennt, is er beim Roßkaaffa (kaufen)!« Es war bloß so hingeschrien in der allgemeinen Aufregung, aber einige schienen doch ein Mißtrauen zu fassen. Als jedoch der Sepp später mit einem fetten Grauschimmel ankam, da war es dann doch ganz anders, denn der junge Bauer wurde ganz verstört über das Unglück. Er fing buchstäblich zu weinen an, und jeder Mensch hatte ein richtiges Erbarmen mit ihm. Der Lochbichler war der erste, der zu ihm und der Amrainerin sagte: »Noja Sepp, jetz is's hoit (halt) gschehng (geschehen), aber es werd in Gottesnam' scho wieder werdn! D'Besenberger hobn nu nia an Besenberger an Stich loßn!«

Aufrichtig war es gemeint. Der Sepp faßte sich wieder. Ihn, seine alte Mutter und die Eh'halten nahm man beim Leerbacher auf. Das eingefangene Vieh konnte in den Nachbarställen untergebracht werden.

Die Feuerwehren spritzten noch alles halbwegs ins Ungefährliche und zogen ab. Der Üblichkeit entsprechend hielten die Heimfahrer beim Unterbräu in Weimberting Einkehr und selbstredend unterhielt man sich dabei eifrig über dem Amrainer sein Unglück.

»Gott sei Dank, sie san (sind) ja versichert, 'sAmrainers, sunst waar's ja glei gor schiach,« meinte der Heinzbauer von Freiselfing.

»Jaja, eigntli… A rechta oit's Zeig is's ja schon gwen, 's Amrainer- haus,« sagte der Jani von Pfreimding, und es hatten alle diese Ansicht.

»Noja, oanerseits derf er ja schier froh sei, daß er jetz a neu's Haus herbaut kriagt,« meinte hinwiederum der Unterbräuwirt von hinten- herum und machte sich dabei seine eigenen Gedanken. Die andern verstanden diese Andeutung nicht weiter unrecht, und der Wirt na- türlicherweise hütete sich, ein Gered' aufzubringen. Es ging ihn ja auch nichts an.

Spät nach Mitternacht war es schon, als sich die Wirtsstube leerte. Die Feuerwehrleute torkelten mitunter bedenklich, die Spritzenwagen fuhren langsam voraus. Weit hinterdrein, paarweis oder auch zu dritt, folgten in weiten Abständen die eifrig disputierenden Männer. Schief saßen ihre gelben, hohen Helme auf dem Kopf. Weithin erschallend drangen ihre Stimmen durch die stille Sternennacht…

II.

Nach dem Unglück sah es für die Amrainers recht zuwider aus. Kommissionen kamen daher und schnüffelten nach den möglichen Ursachen des Brandes. Zäh und umständlich forschte die Polizei herum. Der Sepp, die Amrainerin, die Dirn und der Knecht Wastl, welcher seither an einer Lungenentzündung im Trostinger Krankenhaus lag, wurden eingehend vernommen. Dann kamen die Nachbarn und der Bürgermeister Moser dran. Auch die Brandversicherung stellte allerhand Erhebungen an, und es sah ewig nicht darnach aus, als wenn sie für den erlittenen Schaden aufkommen wollte. Tage, Wochen, ein ganzer Monat verflossen, und nichts Greifbares kam heraus und geschah. In ganz Besenberg war man ärgerlich über dieses Verschleppen. Nach altern Brauch durfte der Sepp mit einem Beglaubigungsschreiben des jeweiligen Bürgermeisters in den Dörfern der anliegenden Gemeinden als Brandgeschädigter sammeln. Der Gemeindediener mußte ihn begleiten, und weil üblicherweise dabei auch für ihn ein gewisser Anteil abfiel, entwickelte selbstredend jeder den schönsten Eifer. Es kam eine hübsche Summe zusammen, aber der Sepp wurde dennoch immer vermurrter. Auch die alte Amrainerin war totunglücklich. Die Brandversicherung rührte sich nicht. Diese Ungewißheit und das Angewiesensein auf anderer Leute Gutmütigkeit bedrückten die Amrainers. Es war ein unerträglicher Zustand. Der Sepp ackerte mit einem fremden Pflug, mußte sich Odelfaß, Egge und Roßgeschirr von Nachbarn ausleihen. Erst nach Feierabend konnte er vom Leerbacher den Wagen haben und den Schutt von der Brandstelle wegfahren. Das Vieh stand notdürftig untergebracht in den verschiedenen Ställen des Dorfes, und die Dirn hatte sich zum Jani nach Pfreimding verdungen. Alles war auseinandergerissen und verstreut wie auf lange, lange Zeit.

Endlich, endlich aber, im letzten Viertel des zweiten Monats zahlte die Brandversicherung dann doch. Der Sepp war wie neubelebt. Sofort setzte er sich mit dem Maurermeister Simon Lechner in Weimberting ins Benehmen. Ungewohnt großzügig und unternehmend war er auf einmal und wollte einen viel umfänglicheren Hof. Die Versicherungssumme langte nicht, und der Lechner als gewandter Geschäftsmann wußte auch da einen Ausweg. Er verschaffte ihm eine erste Hypothek von der Bank und fing den Aufbau gleich mit vier Maurern an. Der Sepp war überall dabei und arbeitete wie ein Besessener mit. Die Besenberger ließen sich nicht lumpen. Der Moser lieferte billigen Kies, der Leerbacher und Lochbichler das nötige Bauholz, und der Säger Lindl von Pfreimding schnitt es für den Selbstkostenpreis zurecht. Die schönste Eintracht half zusammen und schnell ging es vorwärts mit dem Bau. Schon in knappen fünf Wochen hockten die Amrainers in der großen Lochbichlerstube mit den Bauleuten zum Hebein (Hebefeier) beisammen. Einen halben Hektoliter Freibier gab es.

»No Sepp!« sagte der Lochbichler fidel, »no, jetzt wenn aba der Hof neu dosteht, nacha werst aba schaugn (schauen), daß D' a richtige Hochzeiterin herbringst.« Der Sepp konnte nicht aus. Er nickte säuerlich und verzog sein Gesicht halbwegs.

»Kunnt scho sei!« brummte er. Seine Mutter schielte nach ihm.

»Prost Sepp! Prost Auf ara (eine) recht a geldige!« tranken ihm die lustigen Bauleute zu, und auch er hob den Krug.

In wiederum fünf Wochen konnten die Amrainers in das neue Haus ziehen. Endlich also kam alles ins rechte Gleis. Blank und frisch, umfänglicher, aber in der Bauart gleichgeblieben, so stand das Haus auf dem Grasbuckel über der Weimbertinger Straße. Vornherum prangte die braungestrichene Altane, drüber breitete sich das rote Ziegeldach, hinten war die geräumige Tenne, darunter der gewölbte Stall und die Wagenremise. Grad eine Freude war es, diese neue Gebäulichkeit anzuschauen.

Vielerorts spitzten jetzt die heiratsfähigen Bauerntöchter drauf, wie sich denn der Amrainer-Sepp zum Heiraten stelle. Die besten davon hätten »Ja und Amen« gesagt, wenn er gekommen wäre. So ein schönes Sach' stand nicht leicht da.

Hingegen wer nicht dergleichen tat, das war der Sepp. Er rackerte bloß von der Früh' bis in die Nacht hinein, und wenn er auch kein so stoffliges Gesicht mehr hermachte, er blieb doch für sich wie ehedem.

Die alte Amrainerin warf einmal ungut hin: »Jetzt tat i hoit (halt) nacha do scho heiratn!« Er aber gab genau so zur Antwort: »Ah! Ah! Mit dö Weiberleit ...! Dös werst (wirst Du) nacha schon sehng, wenn's soweit is!« Wenigstens wich er nicht mehr ganz aus. Das beruhigte die Alte immerhin.

Um dieselbige Zeit kam auch der Wastl aus dem Krankenhaus und konnte wieder einstehen beim Amrainer. Sonderbarerweise aber nahm sich der Knecht vom ersten Tag an sehr viel heraus und da kam er bei der alten Bäuerin ganz an die unrechte. Der Sepp redete insgeheim dem Wastl gut zu. Es half aber nicht viel. Immer aufsässiger und frecher wurde der Bursch. Faul war er und folgte nicht. Schimpfereien und Streitigkeiten gab es in einem fort, und da wurde es der alten Amrainerin denn doch zu bunt.

»Ja beim Teifi nei! Du Saulakl, Du ganz frecha, wos glaabst denn Du eigntli!« fing sie einmal nach Feierabend in der Kuchl zu schimpfen an und kurzerhand sagte sie dem Knecht den Dienst auf. Der schien garnicht weiter getroffen zu sein und schaute sie uneingeschüchtert an.

»So…? Soso,« sagte er herausfordernd. »So… Is mir aa recht! Is mir ganz gleich!« Und auf das hin ging er aus der Kuchl. Das machte die Amrainerin nur noch giftiger, und als kurz darauf der Sepp hereinkam, schrie sie ihn grob an: »So, jetzt is's aus mit Dein'm Wastl, basta… Er soll mir nu nimma a's Gsicht kemma (kommen)!« Der Sepp sah verstört drein und versuchte sie umzustimmen, aber die Alte zeigte einen eisernen Kopf.

»Herr auf'n Hof bin oiwai (alleweil) no i!« schrie sie ganz wild: »Und i sog, der Lakl konn geh, aus!« Sie zitterte vor Wut. Scharf sah sie den Sepp an und meinte: »Is ja nett vo Dir, daß d' grod oiwai den Hallodri huifst (hilfst)!… Schaugt ja grod aus, ois wia wennst den mehra glaabst wia mir…! Naus muaß er ganz einfach, sog i! Naus! Auf der Stell!« Der Sepp sagte nichts mehr darauf. Er brummte was vor sich hin und war blaß.

Am darauffolgenden Sonntag war dem Wastl sein Dienst beim Amrainer zu Ende. Er ging schon in aller Frühe nach Weimberting hinüber ins Hochamt, hernach suchte er eine Wirtschaft um die andere auf, nach Pfreimding zum Kraglerwirt, nach Freiselfing zum Postwirt kam er und soff sich einen hübschen Rausch an, zuletzt torkelte er spektakelhaft in die Unterbräustube in Weimberting und hockte sich keck zwischen die ruhigen Bauern. Er gausterte laut plärrend mit den Armen herum und fluchte direkt ärgerniserregend.

»Bier her! No her mit dö Maßn!« prahlte er wie ein Schwergeldiger. »Brauchst koa Angst it hobn, Unterbräu, i zoi (zahl) scho!« Mit der

Zeit wurde er ausfallend und stieß unverständliche Drohungen heraus. Etliche verbaten sich dieses saudumme Geschimpf und das machte den Wastl noch kecker.

»Hoho Hoho!« schrie er, »Hoho…! I bin noch koan (keinem) wos schuidi (schuldig) bliebn! Mei Geld is gnau so guat wia dös enker (eure)!«

»'s Mäu (Maul) hoit (halt), bsuffers Wogscheitl (Wagscheit), bsuffers!« kam der Hegerlpeter von Pfreimding in Harnisch und machte fuchtige Augen. »Dein' Schnobi (Schnabel) hoit, damischa Tropf, damischa, sünst hau i Di glei gor außa aus Dein' persern Röckei!« Und es machte auch ganz den Anschein, als haue er im nächsten Augenblick drauf los. Alle Bauern und Burschen an den Tischen waren aufgebracht und fingen zu brummen an. Der Unterbräuwirt versuchte, den Besoffenen aus der Bank zu schieben, um eine Rauferei zu vermeiden, aber der Wastl stand auf einmal hart auf, glotzte mit seinen glasigen Augen gradaus und schrie laut: »So Bauern, jetz geh i auf Trosting umi auf d'Schandarmerie, und morgn hoin's (holen sie) nacha den Amrainersepp, daß's enk auskennts, gell!« Jäh wurde es stockstumm, alle schauten den Knecht groß an. Der schwankte und wankte aus der Bank, rülpste schwer, blieb stehen und sagte abermals: »Guat Nacht beinand, Bauern! An scheena Gruaß an Sepp!« Sein bierdunsiges Gesicht grinste, er gab sich einen steifen Ruck, und ehe einer von den Herumsitzenden sich recht fassen konnte, war er bei der Tür draußen.

Die Bauern schauten einander sonderbar betroffen an. Noch eine ganze Weile kam kein Wort daher. Endlich brach der Unterbräuwirt das betretene Schweigen und sagte: »Hmhmhm, dös is ja recht wos Schiachs! (Schiefes, Schlechtes)!… Hmhm, jetz sowos?… Der Sepp! Hmhm, dös konn'n um Haut und Krogn bringa!«

»Hm, drum is er domois so spat hoamkemma (heimgekommen), der Amrainersepp,« ging dem Lochbichler ein Licht auf. Viele schüttelten den Kopf.

»Hm, saudumm! Hm… Und do loßt er si ausgrechnat mit aran (einem) solchern Lausbuabn ei, der dumm' Teifi (Teufel), der dumm',« meinte der Leerbacher inbezug auf den blutjungen Knecht.

»Dös gibt ja a nette Verhandlung,« sagte der Jani von Pfreimding nachdenklich: »I glaab oiwai, do kimmt Verschiedenes an das Lücht des Tages!« Er kratzte sich hinter den Ohren und setzte fast ein wenig mitleidig dazu: »Herrgottsa! Dös werd' eahm hart o'kemma, an Sepp, jetz vo sein'n neubauten Hof wegmüaßn!«

Einige nickten. Das rechte Unterhalten kam nicht mehr in Schwung. Nach und nach leerte sich die Wirtsstube.

Am andern Tag wurde der Amrainersepp von der Feldarbeit weg verhaftet. Das gab im Dorf und in der ganzen Pfarrei ein großes Aufsehen. Ganz anders schauten die Leute jetzt den funkelnagelneuen Amrainerhof an. Ein wenig scheu, ein bißl eingezogen, entrüstet eigentlich garnicht, aber doch so wie etwas nicht ganz Richtiges. Allgemein wandte sich das Mitleid der alten Amrainerin zu, die durch diese unerwartete Wendung ziemlich niedergebrochen war. Ganz gewiß, gar eine große Freude hatte sie am Sepp nie gehabt, aber ein Hof ohne Mannsbild, das ging nicht gut. Schmerzlich fiel der alten Bäuerin mitunter ihr Ältester, der Xaverl, ein, der bei Ypern gefallen war. *Der* wenn am Leben geblieben wäre, da hätt's sowas nie und nimmer gegeben. Er war ein offener, grundguter Mensch, mit dem man sich verstehen konnte. Aber nein, er mußte weg, und der muffige Sepp blieb. Unser Herrgott schien's auch nicht immer recht zu machen.

Nach etlichen Monaten fand vor dem Schwurgericht in München die Verhandlung gegen den Sepp und den Knecht statt. Alle zwei waren sie geständig. Der eine blieb im großen Ganzen sachlich, der andere benahm sich kläglich. Er wimmerte und weinte und beteuerte in einem fort. Er schob alle Schuld auf den Sepp und war die Reue selber.

Viele Leute aus der Besenberg-Weimbertinger Pfarrei waren im Gerichtssaal und man sah es, ihre Sympathie war nicht für diesen zerfahrenen Wastl. Viel interessierter verfolgten sie jede Geste und jedes Wort vom Sepp, und man rechnete es ihm besonders hoch an, daß er mit solchem Nachdruck betonte, seine alte Mutter habe mit der ganzen Geschichte nichts zu tun, sie sei ganz und gar unschuldig. Fast aufdringlich oft wiederholte er in einem holperigen Schuldeutsch: »Ich meechte schon sagen, Herr Richter, meine Mutter hat nie nichts gewüßt von ünserer Lumperei! Radikal gor nix!« Er hätte es übrigens garnicht so auffällig zu machen brauchen. Es stellte sich ohne weiteres einwandfrei heraus. Aber, wie gesagt, es machte bei den Landleuten einen guten Eindruck.

Wegen Brandstiftung bekam alsdann der Knecht Sebastian Kögl, wie sich der Wastl schrieb, ein Jahr und neun Monate Zuchthaus und drei Jahre Ehrenverlust. Der Amrainersepp erhielt drei Jahre Zuchthaus und ebensolange Ehrenverlust.

»Versicherungsbetrug aber,« hieß es in der Urteilsbegründung,

»kann schon deshalb nicht in Frage kommen, weil die derzeitige Besitzerin des Amrainerhofes, die Brandleiderin und Mutter des Angeklagten Joseph Lederer, die Bauerswitwe Kreszenzia Lederer von Besenberg, von dem Werk der beiden Angeklagten nichts wußte.«

Nachdem der Sepp diesen Satz gehört hatte, schnaufte er sichtlich auf, und sein bis dahin etwas benommenes Gesicht wurde klar und ruhig. Er schaute flüchtig nach seiner weinenden Mutter. Um den mitangeklagten Knecht kümmerte er sich nicht im geringsten. Er war für ihn völlig Luft.

Dastand der Amrainer-Sepp, hart und verschlossen, aber unerschüttert. Als ihn aber der Schutzmann abführte, sagte er ohne Geschmerztheit zu diesem: »Drei Johr san aa koa (sind auch keine) Ewigkeit ...! Der Hof bleibt mir ja doch!«

»Halten S' Ihner Maul!« verbot ihm der übelgelaunte Polizist und der Sepp folgte sofort.

III.

Nach der Verurteilung wurden der Sepp und der Wastl zur Verbü-
ßung ihrer Strafe in das Zuchthaus übergeführt. Zuchthaus ist
gewiß etwas Schreckliches, aber es kommt auch dabei drauf an, *wer*
es zu erleiden hat.

Der Wastl war ein unausgegorener Kopf von kaum fünfundzwanzig
Jahren, wußte nichts vom Leben und von der Welt, und zu den Helle-
ren gehörte er auch nicht. Ihn brachte das Eingesperrtsein schier um.
Schon in der Untersuchungshaft war er tageweise in ein zerstoßenes
Weinen verfallen, dann wieder betete er lautklagend und verlangte
beharrlich nach dem Geistlichen, schließlich hockte er wieder stun-
denlang stockstumm da und stierte in ein Loch hinein. Im Zuchthaus
wurde es noch viel ärger mit ihm. Völlig verdattert und irr benahm er
sich. Er aß kaum noch was, lief, wenn der Wärter die Türe aufschloß,
wie ein scheugeschlagener Hund in eine Zellenecke und drückte seinen zitternden Körper ganz fest an die kalten Wände. Schlotternd
schnaubte er und schien das, was man ihm sagte, weder zu hören noch
zu verstehen. Tat sich alsdann die Zellentüre wieder zu, so blieb er
noch eine Zeitlang in der gleichen Haltung, auf einmal aber fing er
wieder grauenvoll zu weinen an, schrie zuletzt und betete gräßlich. In
den umliegenden Zellen hörte man seine herausgestoßenen Jammer-
töne, zu jeder Tages- und Nachtzeit – ganz plötzlich – erschallten sie
und weckten die Schläfer aus ihrer schweren Ruhe. Die Wärter hatten
das wahre Kreuz mit dem Sträfling, und eines Tages verprügelten sie
ihn. Sein wildes Gebrüll drang durch alle Wände und hallte im stei-
nernen Gang wider. Etliche keckere Insassen der umliegenden Neben-
zellen erhoben lauten, bellenden Protest. Sie vernahmen ein Schleifen
und dumpfes Gerumpel, das Wimmern des Geschlagenen entfernte
sich und brach ab. Später fand sich der blutig gehauene Wastl in dem
stinkenden, stockfinsteren Gelaß, das jeder Zuchthäusler unter dem
Namen »Tobzelle« kennt. Nachdem man ihn einige Tage darauf aus

diesem Loch herausholte, war er wirklich geisteskrank. Man versuchte es noch, ihn in eine Gemeinschaftszelle zu legen, wollte ihm das Tütenkleben beibringen, aber er verdarb durch sein ewiges besessenes Beten auch seinen Leidensgenossen ihre kleine Erträglichkeit. Sie pufften ihn, preßten ihm nachts den Mund zu und schlugen ihn ebenfalls – es half alles nichts. Er bekam bei solchen Anlässen seltsame Anfälle. Der Schaum kam ihm auf die Lippen, seine Augen brannten wie ausgeglüht, er riß sich die Kleider vom Leib, und wenn man ihn überwältigte, lachte er jäh auf und plärrte mit blöder Zustimmung: »Hja-ja! Hja-ha-ja, Herr Jesus, hja, Himmivata schlog nu zua! Hau mi nu! Hau zua, Himmivata! Hau den Lumpen nu! Ververgelt's Good, He-herr Jesus, vergelt's Good, Himmimivata!«

Jetzt erst wurde er in die Krankenabteilung gebracht und später in die Irrenanstalt Gabersee.

Mit dem Amrainer-Sepp hingegen war es ganz anders. Er war im Krieg gewesen. Volle vier Jahre an der vordersten Front wie sein Bruder selig, der Xaverl. Wer so lange all das Höllische, Unüberbietbare da draußen in den schlammigen Leichenlöchern mitgemacht hat, der verträgt schon allerhand. So ein Mannsbild denkt und rechnet anders, als ein junger, dappiger Tropf.

Es wird im Zuchthaus sein wie beim Militär, dachte sich der Sepp: Man muß nicht so zimperlich sein und sich von vornherein eine gute Nummer zu machen versuchen, dann läßt sich's sicher leichter an. Deswegen war der Sepp stets folgsam, ruhig, schweigsam und anstellig.

»Jawohl! Jawohl! Zu Befehl, wenn ich bitten derfert,« sagte er beispielsweise, als er dem Direktor vorgeführt wurde und stellte sich militärisch stramm: »Ich mach' jede Arbeit zu Ihnerer Zufriedenheit, Herr-Herr… zu Befehl!« Wie er dastand – die hünenhaft eckige Gestalt mit den langen Armen und riesigen Händen, das unempfindliche Rekrutengesicht untertänigst bereitgestellt – das wirkte. Mit einem solchen Menschen – konnte man sagen – da gibt's keine Scherereien. Und das war auch so.

In Zeiten, wo er sein eigener Herr sein kann, handelt ein Bauernmensch stets eigenbrötlerisch und ganz für sich. Man glaubt, er kann sich nie in die Masse einfügen, in ein streng abgezirkeltes Lebens-System. Kommt es aber einmal so weit, dann stellt sich alsbald heraus, wie ungewöhnlich schnell sich solche Menschen anpassen und dennoch nichts von ihrer Grundveranlagung aufgeben. Immer und immer finden sie heraus, was für sie von Vorteil ist und richten sich nur darnach. Kameradschaft und Zusammenhelfen sind ihnen fremd.

Der Sepp wurde in die Gemeinschaftszelle gebracht. Dort hielt er sich streng an die Hausordnung, suchte nirgends aufzufallen, gab sich mit keinem Menschen sonderlich ab und verdarb sich's auch mit niemandem. Er murrte nie über etwas, er war kriecherisch gegenüber den Wärtern und Kalfaktoren, und wenn es gerade leicht ging, verklagte er auch seine Mitgefangenen insgeheim. Als Tütenkleber und Säckerupfer rackerte er genau so wie in der Landwirtschaft. Wie ein stumpfes Vieh, echt amrainerisch. Er durfte bald die Abortkübel leeren. Ihn ekelte vor nichts. Er tat alles, was man ihm auftrug, wie ewig schon gewohnt. Er war zäh wie Juchtenleder, Kranksein kannte er nicht, und das Zuchthausleben brachte ihn nicht im geringsten herunter. Eins nur unterschied ihn von den Mitgefangenen. Er war äußerst bigott und beichtete jede Woche. Der Spott der anderen wegen dieser auffälligen Frömmigkeit machte ihm nichts aus, er überhörte ihn. Schon nach einem halben Jahr stand er im besten Ruf bei Kalfaktoren, Wärtern, beim Geistlichen und beim Direktor.

»Na,« sagte der einmal, »beim Lederer hat die Strafe wirklich einen Sinn. Bei dem merkt man wirklich eine Besserung.«

Nachdem er zum ersten Male die Erlaubnis zum Briefschreiben bekommen hatte, plagte sich der Sepp mit aller Findigkeit, die gute Behandlung im Zuchthaus zu belobigen und malte viele fromme, reumütige Ausdrücke auf das Papier. An all seinem jetzigen Unglück aber, flocht er ein, sei bloß der Saulump, der Wastl, schuld.

»Unser Hergod hat mich schwär gebrifft (geprüft), lüpste Muther,« schrieb er, »aber Du praugst (brauchst) dich nihds (nichts) kimmern wegen meiner. Ich Pette jen Tag (bete jeden Tag), das mir ünser Hergod gneding (gnädig) ist und meine Sinten (Sünden) fergipt (vergibt), wo ich von gansan Härsen (ganzen Herzen) Pereie (bereue).« Er bat seine Mutter, sie sollte auch für ihn beten und Messen lesen lassen und schloß scheinheilig: »Wen ich hinausgom (hinauskomme) mach ich einen orndtlichn Mändschen (Menschen), intem das ich schließe kelobd (gelobt) sei Jeses Krüstus – Dein tüchlüpender Son (Dichliebender Sohn) Jozeff.«

Nicht ohne Bewegung las die alte Amrainerin diesen ersten Brief und seufzte hart auf; doch sie gab keine Antwort und besuchte den Sepp auch nie. Das durfte man ihr nicht schlecht auslegen. Schreiben konnte sie nicht recht, und auf dem Lande ist einer, der im Zuchthaus sitzt, so gut wie gestorben. Man meidet solche Stätten, hat Angst und Furcht davor und will nichts damit zu tun haben. Außerdem wissen Landleute auch nicht, daß man einen Eingesperrten besuchen darf. Sie haben ungefähr die Vorstellung, so ein Mensch sitze die ganze Zeit angeschmiedet in einem Kerkergelaß und – halte er's aus, sei's gut – ginge er dabei ein, nun ja, dann sei halt auch nichts zu machen. Hinwiederum aber hätte die Amrainerin auch nicht so einfach mir nichts dir nichts vom Haus weg können. Sie hatte seit der Verurteilung vom Sepp fremde Leute – eine Dirn, einen Knecht und im Sommer einen Akkordmäher – und da hieß es dahinter zu sein. Die alte Bäuerin ließ also jeden Monat eine Messe lesen und schloß den Sepp in ihre täglichen Gebete ein. Alt und älter wurde sie, das Augenlicht ließ bedenklich nach, ihre eisgrauen Haarsträhnen wurden immer dünner, das hagere vielfaltige Gesicht bekam mit der Zeit was Fleischloses, Knochiges und so war's mit ihren verwuzelten Händen. Einging die alte Amrainerin wie eine ausgelargte Menzkuh. Trotz alledem rackerte sie noch Tag für Tag gleichsam wie ein eingelaufenes Takelwerk.

Im Besenberg-Weimbertinger Pfarrviertel faßte man die Lumperei vom Sepp nicht so arg auf. Seinen Hof anzünden oder wegen einer Rauferei ins Zuchthaus zu kommen, das gilt mehr als Unglück, ist aber nicht ehrlos. Sowas meinen die Stadtleute vielleicht. In Bauerngegenden, wo die Erringung eines Vorteiles alles bedeutet, ist die Schädigung einer Versicherung nichts Abträgliches. Bloß das Zuchthaus an sich hat einen gewissen, schlechten Geruch bei den Bauern, nicht das, wofür man hineinkommt.

Beim Unterbräu in Weimberting saßen einmal die Bauern der Umgegend beisammen, und da kam die Unterhaltung auch auf die Amrainersche Angelegenheit.

»Mei Liaba, a so a oit's (altes) Leut ganz alloa (allein) auf aran (einem) Hof, dös is a elendig's Gfrett,« meinte beispielsweise der Lochbichler inbezug auf die Amrainerin, »do müaßt denn doch scho a richtig's Mannsbuid (Mannsbild) her ...« Er blies gemächlich den dicken Rauch von seiner Weichselpfeife aus dem Maul und war der Ansicht, der Sepp sitze jetzt schon gutding anderthalb Jahre im Zuchthaus, das sei Sach' genug, wo man ihn doch daheim notwendiger brauchen könnte.

»A Räuba und Mörda is er ja nacha do scho it, der Sepp,« schloß er und fing über den Staat und über das Gesetz zu granteln an: »Dö kloana sperr'n's ei, dö großn loßn's laffa (laufen)...«

»Wega den bißl O'brenna (Anbrennen) drei Johr Zuchthaus, dös is ja dengerscht (denn doch) scho ungrächt (ungerecht)!« mischte sich der Häuslmann Leitner von Pfreimding ein und drehte seine zerfranste Virginia zwischen den Lippen: »I wett mein' Kopf, daß do bloß d'Brandversicherung schuid is! Dö is ganz und gor für d'Katz ... Einzoin (einzahlen) und einzoin derfst und wennst nacha wirklich o'brennst, nacha schnuffeln s' solang rum, bis s' di a's Zuchthaus brocht hobn, dö Schlawiner, dö windign! Nacha braucha sie nix zoin (zahlen) und hobn dei Geld!«

Seine farblosen Augen schwammen bereits im ausgezehrten Gesicht, das ein dünner Schnurr- und Spitzbart zierte. Dadurch bekam der Leitner eine entfernte Ähnlichkeit mit einem Geißbock. Er hatte schon hübsch Bier getrunken und noch immer nicht genug. Fort und fort griff er zum Maßkrug, und wenn er einen Schluck machte, das war die reine Gier. Seine ausgedörrte Gurgel krachte dabei. Seit der Inflation war der Häusler, wie viele, die immer nur genug zum Leben hatten und nichts in Sachwerten anlegen konnten, um seine letzten Spargroschen gekommen. Seither war er unentwegter Rebellierer gegen jede Art staatlicher Institution. »Jetz is's aus! Jetz versauf' i ois (alles)!« schwor er sich dazumal und hielt's auch so. »I wenn Dir an Schuidschein (Schuldschein) schreib und sog nacha, wennst d' dei' Geld wuist (willst), dös gilt ois's it ... Mi sperrn s' ei ... Der Staat derf dir ois's nehma und du muaßt no stad sei' aa dabei!« schimpfte er meistens und war für nichts eingenommen. Ob Königreich, ob Republik – ganz gleich, alles war Schwindel, war Räuberei an den kleinen Leuten.

Ging's beim Leitner einmal auf einen Rausch zu, dann tat man gut, sich wegzumachen von ihm. Er wurde alsdann zänkisch und grundlos raufsüchtig, wenngleich den dürren Mann der Wind hätte umlegen können.

»Seid's nu recht dappi (dämlich)!« belferte er mit seiner gespaltenen Stimme, »zoit's nu weita guat ei' in d'Versicherung! Werft's enker guat's Geld nu weg, daß si' dö feina Herrn schö einihocka (hineinsetzen) und an Ghoit (Gehalt) ei'streicha kinna fürs Fäulenzn ... Mir wenn mei Hüttn o'brennt, i pfeif drauf, ob's mir wos gebn oder it ... i hob so aa nix!« Keiner widersprach ihm. Im Gegenteil, der ruhige Lochbichler nickte sogar mit dem Kopf und sagte: »Jaja, es is' scho boi (bald) a so.« Diese Zustimmung spornte den Leitner nur noch mehr an.

»Schindluada treib'n s' mit üns Bauern!« keifte er drauflos: »I mächt
bloß wiss'n, wia lang ois (als) dös nu a so furtgeht...« Er streifte damit
den allerkitzlichsten Punkt. Vier Gemeindearme und an die dreißig
Arbeitslose hatte die Gemeinde Besenberg und kritisch stand es um
die meisten Kleinhäusler und Mittelbauern. Die allgemeine Krise war
auch in diesen entlegenen Landstrich vorgedrungen. Die Hypothekenzinsen waren gestiegen, die Gemeindeumlagen und Steuern hatten
sich fast verdreifacht, und doch langte es noch immer nicht. Die Fi-
nanzämter kannten kein Erbarmen. Beim Schlezinger in Freiselfing,
beim Heingeiger in Pfreimding, bei den Häuslern Enzinger und Jax-
hofer in Buchmoos war einfach, nachdem die Leute trotz aller Stun-
dungen die geforderten Summen nicht aufbrachten, ein Stück Vieh
gepfändet worden. Da hörte jeder gern auf den Leitner.

Es drohte aber auch noch was. Die alte Amrainerin hatte hart zu
tun, um ihr »Inträsse«, wie man die Hypothekenzinsen nennt, zusam-
menzubringen. Wenn der Hof auf die Gant kam, war abermals eine
Sorge mehr da. Es war also nicht reines Mitleid, wenn der asthmatisch
schnaubende, faßdicke Bürgermeister aus einem schweren Nachdenken
heraus auf einmal sagte: »A so konn's beim Amrainer aa nimma weiter-
geh... Sie muaß neben der Dirn und an Knecht an Summa (Sommer)
seine (ihre) zwoa, drei Leut' hobn, dös trogt's doch it aus...«

Er hatte Falten auf der leicht angenäßten Fettstirn. Jeder verstand ihn.

»Der Sepp wenn do waar, do gaab's dös it,« meinte auch der Beige-
ordnete Jani: »Er is durch und durch fleißi, dös sell muaß ma eahm
loßn. Aba, wos wui's (will sie) denn macha, dö oit' Amrainerin? A
Weiberts zwingt's hoit einfach it...« Es war wirklich ein Gfrett auf
dem Amrainerhof.

Und in dieser Stunde, darf man sagen, kam der Lorinser als alter
Prozeßhansl auf den einzig richtigen Gedanken. Das heißt – damit ich
nicht lüge – dem Bürgermeister Moser ging sicher etwas ähnliches im
Kopf herum, als er jetzt erzählte, der Sepp habe geschrieben, man soll-
te um seine Begnadigung einkommen, aber der Lorinser wußte den
Weg. Sofort pries er seinen »Avikaten«, den Justizrat Rosenzweig in
München, über den Schellenkönig. Erst vor etlichen Monaten hatte der
Bauer einen gerichtlichen Streit mit dem Grafen Tiefenbach von Reitl-
berg wegen einer unrichtigen Demarkierung gehabt und dabei gesiegt.

»Mei Liaba, mei Avikat hot eahm richti hoamgleucht (heimgeleuchtet),
an Tiefnbach... Do is er dasi (benommen) wordn, der sell windschelch

(windschiefe) Graf!« schmetterte der Lorinser und setzte dazu: »Do kunnt i garantiern, daß der an Amrainersepp rausbringert aus'n Zuchthaus... Da Rosenzweig, wenn wos in d'Hand nimmt, do konnst Gift drauf nehma, daß er's durchbringt... Der gibt it noch, bis er gsiegt hot!«

»Soso... so,« überlegte der Bürgermeister Moser und alles war auf einmal ein Interesse für den Rosenzweig. Der Lorinser trug sich an, mit dem Moser nach München zu fahren. Alle waren dafür.

»Jaja, do teahnt's (tut ihr) a guat's Werk,« meinte der Unterbräuwirt scheinheilig. Der Leitner freilich, der plärrte wieder spöttisch dazwischen: »Jawoi, macht's ös nu! Werft's nu 's Geld wieda für an so an windign Avikatn aussi...! A so geht's oiwai (alleweil): wenn's der Staat it kriagt und d'Versicherung it, nacha zoit (zahlt) ma's dö Herrn Avikatn...«

»Hoit 's Mäu (halt's Maul)!« verbat sich der Moser, und alle waren ein wenig verstimmt.

»Umasunst is der Tod und der kost' 's Leben!« meinte der Lorinser unangefochten und schaute auf den Leitner: »Du bist aa koana, der wo wos umasunst macht!«

»Na, dös it! Dös gwiß it!« gab ihm der zurück: »I hob mi oiwai no schindn und plogn müaßn, daß mir der Dreck obigrunna (hintergeronnen) is! Aba dö Herrn hocka bloß hi, schreibn a poor Briaf und sackin (säckeln) 's Geld ei... Vo dö hot nu koana gschwitzt!«

Keiner hörte mehr darauf. Spät nach Gebetläuten war es. Viele waren schon heimgegangen. In der verräucherten Wirtsstube tarockten bloß noch etliche Burschen. Der Leitner lehnte ganz schlaff in der Bank am leeren Tisch im Ofenwinkel und brümmelte bierschwer vor sich hin. Auf einmal fing er heiser zu singen an:

Hiasl, brenn mir mei Haus o (an)
nacha bin i a gmachta Moh (Mann)
aba wenn's it o'brennt,
nacha is nix derkennt!« (anerkannt)

Er richtete sich schwankend in die Höhe und torkelte zur Türe. Er stolperte und fiel gestreckterlängs auf den Stubenboden. Er fluchte ergrimmt darüber in sich hinein.

»Hoho! Hot's di, Leitna!« spöttelte der Reblechnertoni von Pfreimding nebenher und alle lachten beifällig.

»Am Orsch leckt's mi oisamm (allesamt) mitanand!« knurrte der Leitner sich aufrichtend und schlug krachend die Türe zu. Wiederum lachten alle.

Am darauffolgenden Mittwoch fuhren der Bürgermeister Moser, der Lorinser und die Amrainerin zum Justizrat Rosenzweig nach München, und der Anwalt machte ihnen die besten Hoffnungen.

»Besonders dann, wenn sich Ihr Sohn gut gehalten hat,« sagte er zur Amrainerin, die steif und eingezogen dasaß und die anderen für sich reden ließ. Er sah wie prüfend durch seine scharfen Brillengläser auf die drei Dorfleute. Ein glattrasiertes, volles, selbstbewußtes Gesicht hatte er, trug einen leger soliden Anzug und erweckte schon durch seine beleibte Erscheinung Vertrauen.

»I hob's ja glei gsogt, Herr Justizrat... wenn *Sie* dös in d'Hand kriagn, sog i, nacha werd's wos,« schmeichelte ihm der Lorinser, und der Anwalt überging dieses Lob gelassen.

»Unter diesen Umständen, hoffe ich, kann nicht viel fehl gehen,« schloß er und entließ die drei.

Zweimal lief eine klug detaillierte Eingabe bezüglich der Begnadigung »des wegen Anstiftung zum Brandlegen verurteilten Joseph Lederer« durch den Instanzenweg. Monate vergingen. Die Amrainerin bekam kein besseres Gesicht dabei und auch der Lorinser wurde zeitweise schweigsamer mit seinem Lob auf den Rosenzweig. Im Frühjahr des zweiten Jahres aber wurde der Sepp wirklich aus dem Zuchthaus mit Bewährungsfrist entlassen.

Der Lorinser war wieder obenauf und gebärdete sich wie ein stolzer Gockel. Heldenhaft schier erzählte er überall herum: »I wenn hoit it gwen waar (ich wenn halt nicht gewesen wäre) – heunt no (heute noch) sitzert der Sepp an Zuchthaus! I sog ja! I hob's oiwai (alleweil) gsogt, mei Avikat is a Luada (Luder)!« Seine blaugeäderten Backen wurden dabei ein wenig rotuntermischt. Er wartete förmlich auf die Anerkennung, und wenn niemand was Gutes sagte, schnupfte er ärgerlich und grantelte: »I sog ja! Dank hot ma koan (keinen)... Aba i pfeif drauf!«

Er schneuzte sich und strich ein paar Mal mit der Hand an seinem Schnurrbart entlang.

IV.

So war das jetzt grad auch nicht mehr, daß der Amrainer-Sepp wie ehedem im Dorf und in der Pfarrei bestand. Man mied ihn halbwegs, wie etwa einen Menschen, von dem man weiß, er hat Kleiderläuse oder eine ansteckende Krankheit. Ob schuldig oder unschuldig, darnach fragt man nicht. Hat einer einmal Zuchthaus hinter sich, das bleibt an ihm hängen und läßt sich nicht so leicht weglöschen. Außerdem waren ja die Amrainers nie leutselige Menschen gewesen, und es wird nicht weiter wundernehmen, daß der Sepp anfangs arg unsicher und scheu war. Vielleicht mußte er sich erst wieder eingewöhnen, vielleicht spürte er selber, daß die Leute nicht gern was zu tun haben mochten mit ihm, jedenfalls – im Wirtshaus sah man ihn nie, bei jedem Hochamt kniete er ganz versteckt hinten im Gestühl des dunklen Glockenhauses unter der Empore, und wenn es ausläutete, machte er sich schnell auf, um unbegegnet heimzukommen. Auch mit seiner alten Mutter ging er wortkarg und verschlossen um, frostiger fast noch als vor seiner Strafverbüßung, aber jetzt kam eben doch ein neuer Zug in die ganze Wirtschaft auf dem Hof. Keinen Taglöhner und keinen Akkordmäher brauchte man mehr, der Sepp hatte das Rackern nicht verlernt und die ganze harte Arbeit zwang er mit Knecht und Dirn. Die Ernte kam unter Dach und Fach. Man merkte alsbald, es geht aus dem Gröbsten heraus – eine kräftige Hand ist da, ein Hirn, das anzuschaffen weiß. Nach und nach ging ein Respekt vor dem Sepp im Dorf herum, und langsam wurde sogar sowas wie Neid daraus. Gewiß gönnte man der alten Amrainerin ihren Sohn, aber insgeheim schauten doch viele auf den blanken schönen Hof, der vielleicht in etlichen Jahren billig hergegangen wäre, und sagten sich: »Hm! eigentlich hat er ein Sauglück gehabt, der Bazi, der Sepp! Fast nichts hat ihm der funkelnagelneue Hof gekostet. Brühwarm kann er sich ins Nest hocken und lachen. Für sowas hat er die zwei Jahre Zuchthaus leicht verschmerzen können.«

Und wie das schon ist – Besitz bringt nicht bloß Neid ein, er macht, ganz gleich, wie er erworben ist, auch mit der Zeit angesehen.

Im ganzen Viertel Besenberg, Weimberting, Reitlberg, Freiselfing und Pfeimding ging – fast so wie die schüchtern hervorbrechende Sonne nach vielem trüben Wetter, – ein regeres Interesse auf. Beim Heimgehen vom sonntäglichen Hochamt kam der Lochbichler einmal mit der alten Amrainerin ins Reden.

»No,« fragte der Bauer ein wenig gewaltsam offen, »wia is's denn nacha jetz mit'm Übergeben, Amrainerin? Wia lang mächtst (möchtest du) denn noch furtmacha in deine oit'n Täg'...? Wos hot der denn an Sinn, der Sepp? Mächt' er it boi (bald) Baur werdn?«

Die Amrainerin hob ihr verwuzeltes Faltengesicht und schaute den Lochbichler gemütlich an. In diesem Blick lag allerhand. Sie sagte nicht gleich etwas.

»Ewig werst es aa (auch) nimma macha kinna (können),« meinte der Bauer und musterte die ausgezehrte, schmalbrüstige, gebückte Amrainerin: »I moan', du host di gschundn und plogt gnua (geplagt genug) auf der Welt.«

Da endlich nickte die Amrainerin und wich sauersüß aus: »Ja mei! Du kennst'n ja, an Sepp... Mit dö Weibertn konn er it recht vui o'fanga (anfangen)... Er werd hoit schö langsam umanandschaugn (umeinanderschauen), wos für oane (eine) für eahm (ihn) paßt... Ledig werd er aa it bleibn ming (mögen).«

»Umanandschaugn?« warf der Lochbichler ein, »no, ma mirkt aba nix... vo alloa kemma eahm d'Hochzeiterinna aa net zuagflogn... Do muaß er scho dazuatoa (dazutun).«

»Ja mei,« brümmelte da die Amrainerin, »mei... er werd si' hoit schiniern (genieren), der Sepp...! Er werd hoit moana (meinen), ma schaugt 'n überoi schiaf (überall schief) o.« Man sah es ihr an, sie wollte sich nicht ausfragen lassen.

»Ah!« zerstreute der Lochbichler ihre Bedenken, »ah! Schiniern... Er is doch a fleißiga, ruahiga Mensch, der Sepp...! Und d'Sach steht aa sauba do – und dös anda, dös is doch scho lang vergeßn...« Bei diesen letzten Worten zwickte die alte Amrainerin etliche Male die Augen zu, gradso als ob sie die schmerzhafte Erinnerung daran wegschieben wollte. Alsdann wackelte sie wiederum mit dem Kopf und sagte beiläufig: »Noja, von heunt auf morgen geht a so a Heiratn aa it... Do konn ma eahm nix ei'redn, an Sepp...«

»Ja no, i hob hoit gmoant (gemeint),« schloß der Lochbichler, als sie vor dem Dorf auseinandergingen: »Oit (alt) gnua is er doch jetz, der Sepp.« Die Amrainerin bog seitwärts ab und ging auf ihren Hof zu. Die Unterhaltung hatte die empfindlichste Seite in ihr angerührt.

Es war das ewige Lamento mit dem Sepp! Was hatte er eigentlich im Sinn? Die Amrainerin rätselte oft darüber und kam zu keiner Klarheit. Insgeheim sagte sie sich: »Das mit dem Hausanbrennen hat er ganz gescheit gemacht, der Sepp. Er ist zu einem wunderschönen Hof gekommen.« In dieser Hinsicht dachte sie genau wie er. Für einen derartigen Vorteil ließen sich die zwei harten Jahre Zuchthaus und Verdruß schon verschmerzen. Hingegen, was sie absolut nicht verstehen konnte, war, daß der Sepp sich noch jetzt gegen das Übernehmen sträubte. Was hinderte ihn denn eigentlich daran? Vom Heiraten wollte sie noch garnicht reden. Sowas Weiberscheues wie den Sepp gab's nicht gleich wieder. Jetzt war's noch ärger damit, als vorher. Aber, wenn sie für immer die Augen zutat, dann fiel ihm doch der Hof sowieso zu. Also warum denn? Warum gönnte er ihr nicht noch etliche ruhige Austragsjahre vor dem Sterben?

Das ging ihr nicht in den Kopf hinein, der alten Amrainerin. Ja, es war wahr: nie – schon von jung auf nicht – hatte sie den Sepp leiden mögen. Vielleicht glich er ihr zu sehr. Steinhart, hinterhältig und verschlossen war er und ging immer nach seinem eigenen Kopf. Der ältere, der Xaverl, war grad das Gegenteil. Er war der erste, der beste, alles. Der Sepp war der Niemand. Bei Lebzeiten des alten Amrainers, der anno 1913, kaum sechzigjährig, in die Ewigkeit mußte, ging es noch halbwegs. Dann aber fing die Feindschaft und das Aufeinander-Losbeißen zwischen dem Xaverl und der Alten auf der einen Seite und dem Sepp auf der anderen Seite an.

Und alsdann: der Xaverl mußte im Krieg fallen! Der Sepp kam heim. Jetzt vielleicht, wo er sah, er ist der Erste, jetzt kam so etwas wie eine Rache über ihn. Schon vom ersten Tag an fingen die Reibereien mit der Alten an und wurden immer verbitterter. Wie Hund und Katz standen die zwei zueinander, und als dann der Sepp gar einmal hinwarf: »Die Kaluppn von einem Hof sei das Übernehmen nicht wert!« da war es bei der alten Amrainerin ganz und gar aus.

Nichts hatte sich seither geändert. Wie zwei fremde, ungute Leute lebten die zwei neben einander.

Es war inzwischen Herbst geworden. Die Laubwälder verfärbten sich. Auf den kurzgrasigen Wiesen weideten die Kühe, da und dort heimste man die letzten Kartoffeln ein und pflügte die Wintersaatflächen um.

Der Lergler-Wiggl von Buchmoos, ein weitbekannter Schmuser und Gschaftlmacher, fing sein leicht erratbares Spazierengehen an und erkundigte sich überall über die »Geldigkeit« der Bauerntöchter im heiratsfähigen Alter. Einmal traf er den Sepp beim Ackern auf der Pfreimdinger Lende.

»Grod fleißi oiwai (alleweil), Sepp! Grüaß di Good!« fing er freundlich an. »Tuast do Erdöpfi (Kartoffeln) her?«

»Dös siehst ja,« warf der Sepp hin und wendete seinen Pflug. Gleich wollte er weiterackern, doch der Wiggl fragte gradwegs: »No! Was is's denn Sepp? I hob g'härt (gehört), du mächtst heiratn?«

»I...? Heiratn? Is mir nix bekannt!« brummte der Sepp.

»Ah! Red doch it! Dei Muatta sogt's doch selba,« hielt ihn der Wiggl auf. Er nahm den abweisenden Sepp keck und scharf aufs Korn.

»Mei Muatta?« fragte der Sepp stumpf. »I woaß nix davo...« Das war für den Wiggl schon soviel wie »das Eis gebrochen.«

»Wenn i Dir's sog!« drang er beharrlicher in den Sepp. »Erst neuling (neulich) hot sie's wieda zon (zum) Lochbichler gsogt... Froh waar's, hot's gmoant, wennst D' boi übernehma tatst und a Hochzeiterin suachertst (suchen würdest)...Ganz gwiß is's wohr!«

»Soso! Ha-ha, wos D' Du net ois (alles) woaßt (weißt)!« gab der Sepp mit deutlichem Spott zurück, nahm die Pfluggriffe fester in die Hand und wendete. »Hüa!« trieb er die Rösser an und schlug dem Handgaul das Leitseil auf den glatten Rücken.

»Sepp!« wollte der Lergler-Wiggl weiterreden und ging etliche Schritte mit: »Sepp! So loß doch redn mit Dir! Host scho oane (eine)?« Aber die Rösser gingen schon ins Geschirr, die Pflugschar knirschte im Boden.

»Mei Ruah loß mir! Hoit d'Leit (halte die Leute) it bei der Arbat auf!« grantelte der Sepp finster und wohl oder übel – der Wiggl gab seine Zudringlichkeit auf. Kopfschüttelnd und brummend trat er wieder auf die Straße und ging weiter. Er kannte sich nicht aus mit dem Sepp. Kein Mensch kannte sich aus mit ihm. Herauszubringen war überhaupt nichts aus ihm.

Er hockte nach dem Gebetläuten daheim und studierte die Brandversicherungspolice. Sonst interessierte ihn nichts. Schwer arbeitete er an den gedrechselten Sätzen. Einmal fuhr er alsdann mit dem Radl nach Trosting und kaufte sich das Bürgerliche Gesetzbuch, las und las auch darin wieder so stur und verschlossen, und an einem Regentag fuhr er zum Justizrat Rosenzweig nach München. Der nämlich hatte ihn dazumal bei seiner Entlassung aus dem Zuchthaus mit dem Auto abgeholt. Während sie so dahinfuhren, erzählte der Anwalt allerhand verzwickte Fälle aus dem Rechtsleben und zeigte sich, wahrscheinlich in Anbetracht seines neuerlichen Triumphes, recht herablassend. Dem Sepp freilich wirbelten sicher andere Sachen im Kopf herum: Seine wiedergewonnene Freiheit, das schöne Autofahren, das wunderbare Wetter und dergleichen. Hingegen als er daheim allmählich ins Gleis kam, fielen ihm doch wieder die Redereien des Anwalts ein, wurden ihm klarer und beunruhigten ihn.

Der Justizrat Rosenzweig empfing ihn allerfreundlichst.

»Ah, Herr Lederer!« redete er wunderlich bekannt daher: »Herr Lederer? Hm, Sie kommen wahrscheinlich, weil Sie den Hof übernehmen wollen, was?« Der Sepp erschrak fast über dieses Erraten und musterte den Herrn mißtrauisch, bevor er nickte.

»Setzen Sie sich doch, Herr Lederer, bitte!« bat der Rosenzweig und war ganz bei der Sache: »Also, da wird die Brandversicherung ihre Ansprüche geltend machen wollen...?«

»Ja-a,« nickte der Sepp wiederum steif und zögernd.

»Also erzählen Sie mal, Herr Lederer,« machte sich der Anwalt geschäftig. »Ah, das ist die Versicherungspolice... Schön, daß Sie die gleich mitgebracht haben...« Er glättete den Bogen auf seinem Schreibtischpult auseinander und las beiläufig. Er schaute auf den Sepp: »Und Sie möchten wohl jetzt heiraten, was...? Den Hof übernehmen...?«

»Ja-ja, Herr Justizrat, jaaa-ja, kemma (kommen) tat i scho wega dera Sach,« gab da der Sepp endlich an, »aba heiratn und übernehma mächt i an Hof it...«

»Nicht...? Warum denn nicht?« wunderte sich der Anwalt, »was haben Sie denn für Bedenken?«

»Ja-aa, i mächt hoit nix zoin (möchte halt nichts zahlen), Herr Justizrat... I moan i hob doch mei Straf schon ghabt,« brachte der Sepp kleinlaut heraus und schaute den Rosenzweig sonderbar an.

Auch der Anwalt besann sich kurz.

»I moan, dös huift (das hilft) doch mir nix, wenn i jetz an Hof übernimm und konn der Versicherung woaß Gott wos für an Haufa Geld hi' legn,« brummte der Sepp wie verärgert, und da hörte das Stocken wieder auf.

»Tja, hm!« lächelte der Anwalt bieder: »Hm ... Sie meinen also, wie das zu machen wäre, daß die Brandversicherung nichts mehr beanspruchen kann? Daß Sie ihr nichts zahlen müssen? Wie ...?«

»Ja, jaja, dös moan i,« bestätigte der Sepp vorsichtig und fiel wieder in seine Verdrießlichkeit: »I hock mi doch it zwoa Johr ins Zuchthaus eini und zoi (zahle) nacha der Versicherung aa no ... Dös konn doch it recht sei ...« Sein Gesicht bekam einen gedrückten, verbissenen Zug.

»Jaja, jaja! Natürlich, natürlich ...! Ich versteh' das ganz gut, Herr Lederer! Ich kann das vollauf verstehen, aber – hm, da wird die Versicherung kaum nachgeben, wissen Sie, wo es um Geld geht, da will keiner nachgeben,« versuchte der Rosenzweig zu erklären, und blätterte währenddem in dicken Büchern, las Paragraphen und Kommentierungen, die der Sepp nur halb verstand. Der saß unbehaglich da und stierte in einem fort auf den springlebendigen, gepflegten, runden Mann am Schreibtisch.

»Umasunst (umsonst) hot ma mi doch it ei'gsperrt, beim Teifi 'nei,« stieß er einmal wieder so brummig heraus. Es war, als hänge er sich an diesen Gedankengang mit aller Hartnäckigkeit.

Vergeblich setzte ihm der Anwalt auseinander, daß die Geltendmachung der Schadenersatzansprüche seitens der Versicherung ja ganz etwas anderes sei, als die damalige Verurteilung wegen Verleitung zur Brandstiftung – der Sepp wollte absolut nicht begreifen. Immer wieder fragte er, was denn alsdann die zwei Jahre Zuchthaus zu bedeuten gehabt hätten.

»Jaja! Jaja! Richtig, richtig! Zugegeben – das war eine etwas hartbemessene Strafe, Herr Lederer! Aber verstehen Sie mich doch recht! Verstehen Sie doch! Zuchthaus haben Sie bekommen wegen einer strafbaren Handlung. Die Ansprüche, die jetzt die Versicherung macht, sind eine rein zivilrechtliche Angelegenheit, verstehen Sie! Das eine hat mit dem andern garnichts zu tun ... Man müßte eben gegen die Versicherung prozessieren, verstehen Sie ... Es kann leicht möglich sein ...« erklärte der Rosenzweig.

»Ja, prozessiert hobn's doch do aa, wia i ei'gsperrt wordn bin,« fiel ihm der Sepp etwas lebhafter ins Wort und wurde wieder bockbeiniger: »Do kunnt 's ja nu sei, daß s' mi nochmoi (nochmal) ei'sperrn ...« Ein böses Mißtrauen war auf seinem Gesicht.

»Ach wo! Unsinn! Unsinn!« wurde der Anwalt leicht ungeduldig. »Verstehen Sie mich doch! Sie müssen einfach den Schaden bezahlen, weiter geschieht Ihnen nichts.« Doch der Sepp fragte schon wieder, wegen was er alsdann solang im Zuchthaus habe sitzen müssen. Es ging ihm um alles in der Welt nicht in den Kopf, was für Unterschiede da seien. Immer verdrossener wurde er.

»I moan', i bin doch gstraft gnua (genug),« brummte er immer wieder dazwischen hinein, und der Anwalt schnaubte bereits leicht unmutig.

»Die Versicherung kann höchstens dann nichts mehr von Ihnen beanspruchen, wenn zum Beispiel Ihre Frau Mutter Sie enterbt,« warf er einmal hin, und da wurde der Sepp plötzlich interessierter.

»Wenn s' mir an Hof it gibt?« fragte er verräterisch hastig.

»Jaja, aber auf den Pflichtteil muß sie Sie doch setzen,« antwortete der Rosenzweig, musterte seinen Mandanten abermals, überlegte kurz und meinte beiläufiger:

»Aber ich wüßte nicht, wie sich das in Ihrem Fall machen ließe… Sie sind der einzige Sohn. Vollkommen enterben ist nur möglich, wenn Sie beispielsweise ein Verbrechen begehen.« Er überflog neuerdings den Sepp und setzte hinzu: »Aber das wär' doch reiner Unsinn!«

»Also nacha kimm i der Versicherung gor it aus…? Gor it?« erkundigte sich der Sepp, und man sah es ihm an, er dachte schwer nach.

»Wie gesagt… höchstens wenn Ihre Frau Mutter einen Grund findet, Sie ganz und gar zu enterben,« schloß der Anwalt und wurde baff, als der Sepp nun aufstand und nach seiner Schuldigkeit fragte. Das pressiere doch nicht so, meinte der Anwalt, aber der Sepp bestand auf sofortiger Bezahlung, weil es keiner zu wissen brauche, daß er dagewesen sei. Diese Geheimnistuerei kam dem Rosenzweig sonderbar vor. Er wurde nachdenklich.

»Hm,« sagte er, als er den Sepp zur Türe brachte, »hm… es gibt natürlich noch einen einfacheren Ausweg aus dieser Zwickmühle, Herr Lederer…« Der Sepp hob sein Gesicht und sah kurz, mißtrauisch und forschend auf Rosenzweig. »Wenn Sie zum Beispiel heiraten, und Ihre Frau Mutter überschreibt den Hof auf Ihre Frau, verstehen Sie?«

»Heirat'n…?« murmelte der Sepp: »So?« Er besann sich und fragte weiter: »Aba mein' Pflichtteil kriagert i (bekäme ich) doch?«

»Jaja, den natürlich,« bestätigte Rosenzweig und setzte dazu: »Vorausgesetzt, daß Sie nicht irgendeinen triftigen Anlaß geben würden… Sagen wir, daß Ihre Frau Mutter einen Grund hätte, Sie ganz zu enterben…« Wieder trafen sich die Augen der zwei eine Sekunde lang.

»An schöner Dank, Herr Justizrat, bestn Dank,« brummte der Sepp und drückte dem Rosenzweig die Hand. Der Anwalt ließ sich in seinen Polsterstuhl sinken, schüttelte etliche Male den Kopf und machte wiederum sein »Hmhm!« als sei ihm eine rätselhafte Sache passiert.

Der Sepp ging gleich zum Bahnhof, trank dort in der Wartehalle etliche Halbe Bier und lugte in einem fort aufmerksam herum, ob nicht Bekannte aus seiner Gegend da seien. Niemand tauchte auf. Er war zufrieden, und sein stumpfes Gesicht entspannte sich mit der Zeit. Er zog sein mitgenommenes Trumm Brot aus der Joppentasche und zerkaute es langsam. Ewig sah er in ein Loch hinein und wurde immer nachdenklicher. Die schwierigsten Überlegungen schien er anzustellen. Alles, was um ihn vorging, vergaß er.

Nacht war es schon, als er in Trosting aus dem Zug stieg. Es regnete noch immer fadendünn, aber durchdringend. Der Sepp achtete nicht darauf. Er ging sinnierend durch die paar Straßen und Gassen, kam endlich aus dem Marktflecken heraus und schritt ein wenig freier auf der breiten Distriktsstraße, welche von Trosting durch den Forst über Freiselfing nach Besenberg führt, dahin. Nacht, stockfinstere Nacht umgab ihn. Genau so schwarz war's auch inwendig in ihm. Nur das zeitweilige Knirschen des rutschigen Kiesgeriesels unter seinen schwergenagelten Schuhen hörte er. Erst als er auf der Freiselfinger Höhe stand und drunten in Besenberg noch etliche einschichtige gelbe Lichter sah, ging er schneller…

V.

Der Winter kroch langsam über die traurigen Felder, deckte die hergerichteten Äcker zu und vermummte die Wälder und geduckten Dörfer. Schnee und wieder Schnee fiel, ständig lag eine bleigraue Schwere in der Luft und die kurzen Tage wurden kaum noch richtig licht. Die Arbeit war jetzt gemächlicher. Die Mannsbilder gingen meistens ins Holz, sägten Bäume um und fuhren auf den Schleipfschlitten Daxen heim. Die Weiber wiederum zerhackten an schönen Tagen diese Daxen zu kleinen Prügeln und schichteten das also gewonnene Brennholz an den geschützteren Hauswänden auf. An den Sonntagen gab es im Weimbertinger Weiher stets ein großes Eis-Schießen, alsdann kamen die verschiedenen Christbaumfeiern, endlich die lustigen Feuerwehr-, Schützen- und Veteranenvereinsbälle.

Vom Amrainer heiratete die Dirn weg. Der Häusler Gschwendtner von Pfreimding wurde ihr Mann. Vier Jahre war die Resl auf dem Amrainerhof gewesen. Eine fleißige, ruhige, schon in den Dreißigern stehende Person. Das tat der alten Amrainerin schier weh, insonderheit weil die Res' billig gewesen war, und weil die Bäuerin hin und wieder mit ihr reden konnte. Jetzt war das auch zu End'.

Der Sepp feindete seine Mutter in der letzten Zeit weit heftiger an, und niemand erriet den Grund. Stumm und grantig war er Tag für Tag, wie mit der ganzen Welt zerkriegt. Freilich, die alte Amrainerin war auch keine gar Zugängliche und Versöhnliche. Ein lautes Schimpfen kam bei ihr selten heraus, doch sie hatte eine so benzende Art, rein alles zu bereden, besonders das, was der Sepp tat. Einen herabmindernden, hämischen Ton schlug sie dabei an. Stets begegneten sich die zwei griesgrämig und verschlossen gehässig.

Beim schlechtesten Wetter ging der Sepp mit dem jungen Knecht ins Holz, und erst beim Dunkelwerden kamen die zwei Mannsbilder patschnaß heim. Dann brummte die alte Bäuerin manchmal: »Hmhm, es muaß scho recht schö sei, an Hoiz (Holz) draußn.« Der Sepp gab nicht weiter an. Das ärgerte die Amrainerin erst recht.

Zu Maria Lichtmeß kam eine neue Dirn auf den Hof, die der Lergler-Wiggl der Bäuerin zugebracht hatte. Sie hieß Liesl und stammte aus der Straubinger Gegend, hatte aber schon verschiedene, langjährige Dienst-plätze in der hiesigen Gegend gehabt. Ein grobknochiges, hageres Ge-stell machte sie her, hatte rote Haare, kecke, verwegene graublaue Augen und ein sommersprossiges Gesicht. Viel Einnehmendes war nicht an ihr, aber der Wiggl sagte seinerzeit zur Amrainerin: »Dö derspart (die erspart) Dir zwoa Mannsbilder, wenn's sei muaß, Amrainerin!« Und das stimmte auch halbwegs. Die Liesl griff zu wie wild, außerdem war sie nie um eine Antwort verlegen, gleich hatte sie einen unangreifbaren, gutsitzenden Spott auf der Zunge, und mit der Amrainerin verstand sie sich schon nach einigen Wochen recht gut. Schnell kannte sie sich aus, wie alles stand im Haus.

Der Sepp konnte die neue Dirn absolut nicht leiden und redete nie ein Wort mit ihr. Eines Tages aber hackte sich der junge Knecht bei der Holzarbeit tief ins Knie und mußte ins Krankenhaus nach Tro-sting. Das war keinem zuwiderer, als dem Sepp.

»Herrgott, mittn drin haut si' der dappi Teifi a's Knia!« brach er aus sich heraus, und da sagte die Dirn fast herausfordernd: »Ja no, nacha muaß hoit i mitgeh a's Hoiz! Brauchst koa Angst it hobn, Bauer! I hob schon oft mit dö Mannsbilda Holz g'arbat (gearbeitet)... Do is it gfeit (gefehlt).«

Es war abends. Die Dirn stellte gerade den vollen, schäumenden Milchkübel in die Kuchl, die Amrainerin stand am Herd und kochte die Brotsuppe auf, und der Sepp zog seine nassen Stiefel von den Füßen. Er schaute nicht hin auf die Liesl.

»An Knecht müaß ma (wir) oiwai (alleweil) wieda hobn,« brummte er mehr für sich.

»Aba glei is aa it oana do,« warf die Amrainerin spitzig hin. Wieder-um gab der Sepp nicht an.

»Wega meina brauchts it verlegn sei... Dös wos a Knecht macht, mach' i oiwai no',« drängte sich die Liesl wiederum auf. Deutlich spürte der Sepp, daß sie ihn anschaute, aber er tat, als sei sie nicht da.

Am andern Tag gingen die zwei ins Holz. So massig gewandt zeigte sich die Dirn auch bei dieser Arbeit, daß der Sepp ins Schwitzen kam, wenn er es ihr gleich tun wollte. Zugänglicher aber machte ihn diese Tüchtigkeit nicht, im Gegenteil, er wurde nur noch fuchtiger über dieses hitzige, zähe Weibsbild. Der Liesl wiederum schien es garnichts auszumachen, was der Bauer für eine Laune hatte. Sie werkelte derart, daß sie vor Schwitzen die dicke, alte Mannsbilderjoppe, welche sie bei solchem Winterwetter trug, ausziehen mußte. Sie stülpte sich die Ärmel ihrer schäbigen Kattunbluse auf und raffte ihren vielfaltigen Rock, daß ihre eckigen Knie unter dem kürzeren, roten Wollunterrock hervorkamen.

»So! Jetzt geht's glei leichta!« sagte sie lustig, stieß ihre derben Hände wieder in die plumpen nassen Fausthandschuhe und sägte weiter. Ihre gutgeformten Brüste zeichneten sich auf dem Stoff der Bluse ab, rot war ihr dampfender Kopf und schier heiter ihre Augen. Bei jeder Gelegenheit versuchte sie irgendeine Bemerkung anzubringen, um den muffigen Sepp zum Reden zu bringen. Ganz unvermerkt lugte sie ab und zu nach ihm, gleichsam als wolle sie ausforschen, wie ihr Reden wirkte. Katzengeduldig trieb sie das Tag für Tag.

»Dös is a Dicka! So mog i's!« sagte sie beispielsweise, wenn man die Schwungsäge auf einen mächtigen, blankgefrorenen Buchenbaum setzte und betastete die glatte Rinde mit vieldeutiger Miene. Wenn dann der Baum krachend umfiel, lachte sie: »Do host es jetz! Konn gor koana so schneidi sei', daß er net umfoit (umfällt), wenn er gnua (genug) hat ... Jetz flackt (liegt) er do, der Krippi (Krüppel), der bockboani (bockbeinig)! Jetz is's aus mit seina Herrlichkeit!« Sie war in einem Schwatzen und der Sepp in einem Stummsein, aber hin und wieder mußte er über diese zweideutigen Witze doch sein Maul verziehen, und das, wenn die Dirn erlurte, dann schoß sie geradezu ihre lustigen Einfälle auf ihn ab. Mit der Zeit gewöhnten sich die zwei ganz gut aneinander, wenngleich der Sepp ewig zugeknöpft blieb und nie eine Wärme aufkommen lassen wollte.

Um dieselbige Zeit überfiel sie einmal ein solcher Schneesturm, daß sie die Arbeit abbrechen mußten. Sie ersoffen beide fast im dicken, schweren Geflock und machten sich auf den Heimweg. Wie eingemummte Schneemänner, durchein naß und dampfend vor Schweiß kamen sie auf dem Amrainerhof an. So düster war's, daß die alte Bäuerin bereits das Elektrische brannte. Sie hockte in der Kanapee-Ecke, hatte die Brille auf der Nase und stopfte Socken. Muffig sah sie über die Gläser hinweg auf den Sepp und brummte verknurrt: »Koa (kein) Mensch geht bei dem Sauwetta a's Hoiz (ins Holz), du muaßt außi! Waar ja it ganz sunst! (wär ja sonst nicht ganz). Und an Haus gschiecht überhaaps nix mehr! Heunt is nu it amoi (noch nicht einmal) 's Gsott (Häcksel) g'schnittn!« Die meisten bessergestellten Bauern in Besenberg betrieben ihre Maschinen mit einem Elektromotor, beim Amrainer bewerkstelligte man das Dreschen und Gsottschneiden noch immer mit dem altmodischen »Göpel«, einer Zahnradvorrichtung vor der Tenne, die durch Treibriemen mit der betreffenden Maschine verbunden ist und von Ochsen oder Pferden gezogen wird. – Jetzt lag der Schnee bereits meterhoch und eh' man die Rösser einschirrte, war's geschlagene Nacht. Nichts anderes blieb übrig, als diesmal mit der Hand die Gsottmaschine zu drehen.

»I mächt wissen, wenn do's Viehch wos z'freßn kriagt,« warf die Amrainerin abermals hin, und weil sie recht hatte, darum wurde der Sepp ganz kritisch.

»So loß oan'n (einen) doch z'erscht ausschnaufa!« stieß er bissig aus sich heraus und zerrte seine nassen Stiefel von den Füßen.

»Is ja wohr aa! Wenn a Mensch gor koa Ei'sicht hot!« knaunzte die Amrainerin unnachgiebig, während die Dirn in die Kammer hinaufging, um sich umzuziehen.

»Geh! Herrgottsakrament-sakrament! 's Gsott kimmt schon her z'rechter Zeit!« fluchte der Sepp.

»A rechta damischa Tropf bist, a rechta damischa!« gab die Amrainerin nicht nach: »Nacha tat (täte) i mi hoit umschaugn um an Knecht!«

»I bin it Herr an Haus! Dös is Dei' Sach!« brummte der Sepp und das brachte die Alte ganz in Harnisch.

»Herr an Haus! Herr an Haus!« belferte sie. »Du tuast ja doch, wos D' mogst...! Herr an Haus!! Wennst Du it übernehma mogst, do konn doch i nix dafür, dappiger Teifi, dappiga (dummer Teufel)!« Kalt und bösartig sah sie zum Sepp hinüber. Zornrote Flecken waren auf ihren Backenknochen. Es sah ernstlich so aus, als warte sie bloß auf einen Krach, doch der Sepp ging nicht auf sie ein.

»Mei Ruah loß' mir jetz!« lenkte er brummig ein und schloff mit seinen nackten Füßen in die Holzschuhe: »A Brotzeit gib her jetz, is gscheita!« Er schaute über die Herdplatte auf den krustigen Kaffeehafen und schlargte ebenfalls aus der Kuchl. Als er hernach mit trokkenem Zeug auf dem Leib zurückkam, saß die Liesl schon am Tisch und schlürfte ihre Kaffeesuppe hinunter. Riesige Brocken Brot lud sie auf den schwarzumränderten Löffel und verschluckte sie fast ohne

Kauen. Mit stummem Grimm stellte die Amrainerin ihrem Sohn die dampfende Schüssel hin und ging in die Holzhütte hinaus um einen Arm voll dürrer Scheite.

»Nacha müaß ma hoit (müssen wir halt) glei Gsottschneiden, Baur,« murmelte die Dirn, als sie mit dem Sepp allein war.

»Jaja! Daß a Ruah is!« knurrte dieser grantig.

»Heunt is's wieda arg granti', d'Bäurin,« meinte die Liesl leicht vertraulich und aß ruhig weiter.

»Ja! Oiwai mächt' sie ois's (alleweil möchte sie alles) bessa versteh'!« gab der Sepp an.

»Ja mei,« brümmelte die Dirn genau wie vorher, »oite Leit (alte Leut) san (sind) hoit extri (extra)... Wohr is's ja scho', 's Gsott glangt nia hintn und vorn...«

»Nacha muaß s' hoit an Knecht suacha!« stieß der Sepp aus sich heraus. »I red' ihr nix ei'! Mei g'härt der Hof it...«

Diese eigentümliche Aufgeschlossenheit war ungewohnt bei ihm. Die Dirn spürte das deutlich, sie tat aber nicht weiter verwundert und sagte bloß noch ein wenig wärmer: »Überoi (überall) gibt's wos! Wega meina brauchts koan Knecht nehma. Mir is d'Arbat it z'vui (zu viel)...« Eifriger löffelte sie, weil die Schritte der Bäuerin draußen auf dem Flöz hörbar wurden.

»Wega meina tuat's, wos's mog!« schloß der Sepp und schwieg ebenfalls. Er faßte die glatte irdene Schüssel mit Daumen und Zeigefinger am Rand und schüttete den Rest Kaffee in sein breites Maul. Alsdann erhob er sich ohne ein Wort und ging in die Tenne hinaus. Er warf Heu und etwas Stroh herunter vom Stock, und als die Dirn einlegte, trieb er mit beiden Armen das Schwungrad der Gsottmaschine mit wahrhaft verbissener Flinkheit. Die gelbe, kleine elektrische Birne, die hoch oben auf einem Balken angebracht war, verbreitete nur ein schwaches Licht, das dürre Heu staubte, der jedesmalige Schnitt spritzte in großem Bogen auseinander und fiel auf den ansteigenden Haufen. Vom offenen Gsottloch herauf drang die dampfige Wärme des Stalles, in welchem das Vieh manchmal hungrig muhte. Der Sepp trieb und trieb das sausende Schwungrad, als sei er ganz eingebergt mit Heu und arbeite sich mit aller Hast aus dieser bedrängenden, einsamen Enge.

»Hoit stad! (halt still)... Derstickst ja!« schrie die Liesl plötzlich, weil es derart wirbelte, daß sie selber kaum mehr zum Schnaufen kam. Der Bauer hielt inne, wischte den Schweiß von der Stirn und räumte mit dem Fuß das Gsott in das Loch. Er hatte eine Miene rein zum Fürchten.

»I wüßt' enk (euch) scho an Knecht,« fing die Liesl wieder behutsam zu reden an, »der tat scho herpaßn...«

»So...? Du?« schaute der Sepp kurz auf sie.

»Ja... A festa, fleißiga Kerl waar's,« hakte die Liesl ein.

»So...«

»Der gang aa (ginge auch) gern auf aran Hof, wo er nebn an Baurn waar (wäre),« erzählte die Liesl weiter, und ihr Gerede wirkte zusehends beruhigend auf den Sepp. Sie wartete nicht ab und schilderte den betreffenden Knecht: »Er is jetz an Buachhof Drittler (dritter Knecht)... Vo an Häuslmoh (Häusler) drenter (jenseits) der Isar is er a Suh (Sohn)... Hansl hoaßt er und Pointner schreibt er sich... I hob mit eahm (ihm) scho amoi auf oan Plotz deant (gedient)... Beim Heingeiger z'Freiselfing...« Und sie machte sich erbötig, mit dem Hansl einmal zu reden, ob er her wolle.

»So! Noja, muaßt hoit redn mit der Bäurin,« meinte der Sepp und packte abermals den Schwungradgriff. Die Dirn hinter dem aufgebauschten, eingelegten Heu machte ein zufriedenes Gesicht. Später, beim Nachtessen, redete sie laut mit der Amrainerin über die Sache und wer genau hinhörte, der merkte ohne weiteres, daß die Liesl grad so gut mit dem Sepp redete. Ja, es war fast so, als wie wenn sie an ihn hinredete. Der aber las hinten auf dem kleinen Tischl unentwegt in seinem Gesetzbuch und stellte sich völlig taub.

»Noja, nacha muaßt hoit umigeh an Buachhof,« meinte die Amrainerin zum Schluß und warf einen bösen Blick auf den unbeteiligten Sepp. »Na gehst hoit umi, Liesl, und sogst es eahm, daß er si amoi (einmal) sehng loßt, der Knecht...«

»Ja, is scho recht, Bäurin,« erwiderte die Liesl.

Die zwei sahen nicht, daß der Sepp auf einmal einen kurzen, mißtrauischen Blick auf sie warf. Eine kleine Pause war entstanden.

»An Montor (Elektromotor) braucherten ma!« sagte der Sepp, und die zwei Weibsbilder wandten überrascht die Gesichter nach ihm. Er hatte den Finger auf einen Paragraphen des Bürgerlichen Gesetzbuches gedrückt, der also lautete: »Der Eigentümer einer Sache kann, soweit nicht das Gesetz oder Rechte Dritter entgegenstehen, mit der Sache nach Belieben verfahren und andere von jeder Einwirkung ausschließen.«

»A Montor dersparert üns leicht an Knecht!« wiederholte er und wich dem Anschaun der zwei Weiber nicht aus. Kalt erwiderte er ihre Blicke mit seinen Glotzaugen. Dirn und Amrainerin stutzten baff und sahen einander kurz an.

»Montor?« fing dann die Amrainerin höhnisch zu spötteln an: »Ja freili! An Montor!! Da schaug her! An Montor wui (will) er, der fei' Herr! Ja freili, freili! I wirf jetz nacha glei 's Geld beim Fenster 'naus für a so a neumodisch's Glump!« Für neuzeitliches Zeug war sie absolut nicht eingenommen. Erstens kostete sowas einen Haufen Geld, und das war ihr heilig. Zweitens aber empfand die Amrainerin von jeher jegliche Arbeitserleichterung fast als sündhaft. Von Kind auf hatte sie sich geplagt, andere sollten's auch nicht besser haben, und der Sepp schon gar nicht. Plage mußte jede Arbeit sein, sonst galt sie nichts.

Ohne den Sepp zu beachten, wandte sie sich resolut an die Dirn und sagte: »Geh nu umi, Liesl ... Sog's eahm (ihm) – glei konn er ei'steh, der neu' Knecht ...«

Der Sepp hatte währenddessen die Liesl wie prüfend gemustert, ohne daß es die zwei merkten. Er schien mit diesem Mustern etwas zu verbinden.

Jetzt las er wieder in seinem Gesetzbuch.

VI.

E s war ein klarer, sonniger Wintersonntag-Nachmittag. Man sah weit über die gewellten, glitzernden Flächen, die da und dort von angedunkelten, bewaldeten Hügeln unterbrochen wurden. Hüben und drüben hockten, weit auseinander liegend, verschneite Bauernhöfe und Dörfer mit spitzen Kirchtürmen, aus denen, gleich dicken, schmutzigen Knorpeladern, ausgefahrene Sträßlein liefen, welche alsdann in die breite Trostfinger Hauptstraße mündeten. Ganz hinten zeichneten sich die bläulichen, scharfgezackten Berge vom frischen, blassen Himmel ab, und rundherum war es geruhsam still.

Der Schnee auf der Straße war aufgeweicht. In den vielen Spuren der Fahrfurchen rannen dünne Wasserbächlein, und es war gerade kein leichtes Vorwärtskommen. Die Amrainerdirn stapfte dessenungeachtet festschrittig dahin. Die Besenberger Mulde lag hinter ihr, auf der Freiselfinger Höhe schnaubte sie etliche Male tief auf, ohne einzuhalten. Ihre Miene war aufgemuntert und unternehmend. Hin und wieder glitt ein leichtes, fast triumphierendes Lächeln über ihr knochiges Gesicht. Dann wieder machte sie einige schnellere, fast hüpfende Schritte, gleichsam als freue sie sich über einen neuen, ergiebigen Einfall.

»Wart nu, Du stockhaariger Tropf, Du! Wart', Di krieg i schon!« murmelte sie sichtlich belustigt, und wenn sie auch oft und oft ausrutschte, wenn gleich nach und nach dicke Schweißperlen auf ihrer eigensinnigen Stirn und ihrer Nase auftauchten, sie ging unverdrossen weiter. Ihre listigen graublauen Augen erglänzten wieder, immer wieder.

Hinterhalb Freiselfing zweigte sie links ab, blieb eine Zeit lang auf dem Fahrweg, der zum Gut Buchhof führte, und wendete knapp vor dem Trostinger Forst wiederum nach rechts ins Buchmooser Moor oder, wie man dieses Geviert nannte, in den »Vilz«. Die Gegend ist öd und spärlich bewachsen. Überall sieht man schiefe Hütten und lange Torfstiche. Am Waldrand, auf den festeren, abschüssigen Gründen stehen die paar armseligen Häuser der Vilzler. Die kleinen Leute leben schlecht und recht vom Torfverkauf und von Gelegenheits-Handelsschaften. Der hat eine, der andere zwei Geißen und ein ausgemergeltes Roß im Stall. Wenn's leicht geht, stellt man Hasenfallen. Einen sonderlich guten Ruf haben die »Vilzler« weitum nicht.

Ins zweite Häusl ging die Amrainerdirn gradwegs. Das gehörte dem Lergler-Wiggl. Der war ledig, betrieb seinen Haushalt selber, genoß bei den »Vilzlern« das beste Ansehen infolge seiner Kraft, war gewiegt wie keiner und roch – wie man sagte – »den Vorteil aus einer Sache auf zehn Stunden gegen den Wind.«

In der niederen, winzig-fenstrigen Stube sah es sehr unordentlich aus. Vorne um den Herrgottswinkel zwischen den zwei Fenstern lief eine schmale Holzbank und davor stand ein Tisch. Vergilbte, bunte Bilder mit Szenen aus dem Wildererleben hingen an den abgestoßenen Wänden, ein verhältnismäßig teurer Zwilling, eine Pendeluhr, die gemächlich tickte, und etliche Kleidungsstücke. Um den verbufften Kachelofen lief wiederum eine etwas breitere Bank mit ausgefranstem Seegraspolster. Darunter lag ein schwarzgelber Spitzel, der sofort einen Heidenlärm schlug, auf der Bank der Hausherr, welcher sich beim Eintritt der Dirn halbwegs aufrichtete, dem Hund das Bellen verbot und leicht grinste.

»Ah, Du bist ös! Hock' Di nu' her, Weiberl,« sagte er und wurde von Wort zu Wort lebendiger. Genau so erging es auch der Dirn. Ungeniert ließ sie sich neben ihm nieder und grinste ebenfalls verschlagen: »Jaja, jetz muaß i nacha doch scho' amoi Meldung macha!«

»No, beißt er scho o, der traamhappert (schlafmützige) Sepp?« erkundigte sich der Wiggl.

»Jaja, soweit loßt si' dö Sach' ganz guat o,« antwortete die Liesl: »Dö Oit (Alte) hob' i scho auf meiner Seitn und er werd aa scho handsamer...«

»So... Ja und... Host'n scho rumkriagt?« forschte der Wiggl weiter und musterte die Dirn.

»Rumkriagt...? Nana, dös no net... So schnell geht dös it,« meinte die Dirn: »Dös is ja a ganzer muffiger Pollack, mei Liaba! Bis i den hob, do vergeht no oierhand (allerhand) Zeit, moan i (meine ich)...« Diese Nachricht war absolut ärgerlich für den Wiggl. Sofort bekam er ein finsteres Gesicht.

»No! Jetz dös is guat Du g'freist mi' (freust mich)!« fing er zu granteln an: »Da Knecht is an Krankenhaus! Tog für Tog seid's alloa,

Du und der Sepp, und do host d' no nix firti (fertig) brocht...« Er
stand auf und tappte brummig in der Stube herum: »Hm, jetz dös is
guat! Für so dumm hätt' i di' net ghoitn (gehalten)... Net amoi sowas bringt's z'samm! Loß di' hoamgeign (heimgeigen)!« Verächtlich
schaute er auf die Dirn hinab und noch viel hämischer warf er hin:
»Noja, daß oaner, wenn er di' siehcht, it glei einifoit (hineinfällt), dös
sell hob i scho' gwißt (gewußt)... Mit dem hob i ja grechnet (gerechnet), aber – Herrgott! – a Weiberts, dös wo wui (will), bringt oimoi
no' ois's z'samm (bringt allemal noch alles fertig)!«
Er wußte, man mußte herabsetzen, um den Ehrgeiz zu stacheln, besonders bei den Weiberleuten.

»Worum kimmst denn nacha überhaaps zu mir?« fragte er muffig
und blieb stehen.

»An neu'n Knecht brauchers (brauchen sie) beim Amrainer,« sagte
die Liesl ungetroffen und verzog ihre Mundwinkel vieldeutig.

»An Knecht...? Dös aa no?« verwunderte sich der Wiggl: »Sauba!
Sauba!« Jetzt war er ganz giftig, hielt sich aber doch noch zurück und
wartete mit dem schönen Mitleid auf: »So...! An neu'n Knecht...?
Und den andern, den arma Kerl, weil er jetz an Krankahaus liegt, den
sogn s' einfach an Deanst (Dienst) auf... Pfui Teifi!« Aber all diese
Aufregung verschreckte die Liesl nicht.

»Ja,« sagte sie wiederum fast spöttisch: »Ja... Und i hob aa scho
oan'n, der wo hi'paßt...«

»Du...?« wandte der Wiggl baff den Kopf herum.

»Ja, i...« drauf die Lies' keck.

Der Wiggl schaute sie grimmig an. Sie wich nicht aus. Endlich sagte der Vilzler wieder: »Hm... Dös is so ziemli dös Dümmer', wos
d' macha konnst... Do kimm' (komme) i freili' ewig net zu mein'n
Schmusergeld!« Er konnte sich immer noch nicht fassen, fuhr ein
ums andere Mal in seine schwarzglänzenden Haare und schimpfte:
»Hahm, hmhm...! Jetz waar'ds (wäret ihr) so schön alloa gwen (gewesen), der Sepp und Du...! Wenn der Knecht do is, geht's lang nimma so leicht!« Er machte wieder einige Schritte und setzte dazu: »Mei
Liaba, dös is a so a müahsam's Gschäft mit Dir!« Das schien die Liesl
denn doch zu ärgern.

»Du kriagst Dei' Geld scho, wenn's soweit is! Brauchst di' it färchtn
(fürchten),« wies sie ihn patzig zurecht und fing das Auftrumpfen an:
»Du bist guat! Jetzt macht er no' a Votzn (schiefes Gesicht) aa her!

Wenn i dös gwißt hätt', wos der Sepp für a bockboanigs Mannsbild is, nacha hätt' i mi ewig net ei'loßn mit dera Gschicht! Jetz steckst aba um, gell! Du host z'letzt an Nutzn und i hob dö ganz Plog (Plage)!« Der Wiggl war feinhörig genug – er steckte wirklich sacht um. Zwar sagte er noch schmollend: »Noja, a's Handwerk brauchst oan' nacha aa it einipfuschn. Hättst mir's leicht wißn loßn kinna, daß d'Amrainerin an Knecht braucht! A poor Markl waarn's (wären es) aa wieda gwen (gewesen)…« aber das klang bereits milder.

»*Den* hätt'st ja doch it gfuna (gefunden),« meinte die Liesl inbezug auf den neuen Knecht und lächelte wieder so vieldeutig.

»*Den*…? Wos für oan' denn?« wollte der Wiggl wissen: »Wos host denn an Sinn und wos is denn dös für a bsonders Mannsbuid?«

Die Liesl erzählte vom Drittler Pointner-Hansl auf dem Buchhof. »Der is mir grod recht,« schloß sie: »I kenn an (ihn) scho lang. Dappi (blöd) is er wia d'Nacht finster und –« sie machte eine hastige Hand- bewegung und lächelte spitzfindig: »Noja, dös ander werst scho sehng (sehen)! Dös loß nu mei Sach sei!«

Der Wiggl erwischte ihren Blick und begriff. Sein stoppelbärtiges Gesicht bekam lustige Falten.

»Mei Liaba,« murmelte er: »Mei Liaba, ös Weibsbilder seids doch elendige Schlangern!« Die Liesl lächelte gleichfalls und meinte wieder vollauf versöhnt: »Jaja, do san ma nacha Schlangern, wenn ma gscheita sa wia ös Mannsbilder!« Dann ging sie.

Der Wiggl saß noch eine Weile auf der Ofenbank. Nach und nach gleimte sein Gesicht auf. Er richtete sich in die Höhe, streckte und reck- te sich wohlig, plötzlich hielt er inne, schaute scharf grad aus, »s-st« machte er und schien ausnehmend zufrieden zu sein. Er rasierte sich, zog sein gutes Gewand an und verließ in der besten Laune sein Häusl. In Freiselfing, beim Bräuwirt, hoffte er die Buchhofer Knechte und wohl auch den besagten Pointner-Hansl zu treffen. Der Bursch war ihm bloß von ganz weitem bekannt, jetzt natürlicherweise interes- sierte er ihn. Er wollte ihn sich einmal genauer anschauen. Die Liesl war ein zu durchtriebenes Weibsbild. »Sichern,« sagte sich der Wig- gl, »sichern wird gut sein!« Er kam mit allerhand Absichten in die Bräuwirts-Stube. Leider aber war kein einziger Buchhofer da. Das beunruhigte den Wiggl. Er witterte irgendwie, das habe mit dem Be- such der Liesl was zu tun. Die Knechte aber waren bloß beim großen Eisschießen in Trosting.

Der Wiggl munterte garnicht auf, wenngleich der Heingeiger und der Löffelberger ihn zum »Watten« drängen wollten, was er sonst fürs Leben gern tat.

»Nana, i hob koa Zeit! I muaß glei wieda furt,« sagte er, »nana, i muaß no auf Besenberg umi.« Er trank alsbald aus und ging wieder. Nicht nach Besenberg aber, sondern – weiß der Teufel warum – wieder heim. Lang tappte er im Buchholzer Vorholz herum, eh er den Entschluß hatte. Er wartete allem Anschein nach auf die Liesl, doch als es anfing zu dunkeln und die Dirn nicht auftauchte, stand er davon ab. Mürrisch kam er in seinem Häusl an. Den Spitzl, der, vom Schlaf aufschreckend, etliche Beller machte, knurrte er bissig an: »Hoit's Mäui (halt's Maul), damischa Teifi, dappiga!«

Die Liesl hatte weit mehr Glück. Nach einigem Herumfragen fand sie den Hans! ganz allein in der Knechtkammer des Gutshofes. Er lag angezogen auf dem Bett und döste gelangweilt vor sich hin.

»Ja, ha... Liesl! Kimmscht eppa (kommst du etwa) gor zu mir?« fragte er verwundert und erfreut: »Wos mächtst denn?« Die Dirn deutschte ihm das mit dem Platzwechsel sehr eindringlich aus.

»I woaß's ja, Hansl,« redete sie direkt herzlich auf ihn ein: »I kenn' Di' doch! Beim Arnrainer waarst hoit (wärst du halt) wieda alloa nebern Baurn und do herent' bist der Gornix... D'Arbat is aa it gor arg beim Amrainer...« Der Hansl zögerte zwar, aber er war der Dirn dankbar für die Rekommandation. Er gab ihr in allem recht, bloß so mir nichts dir nichts vom Buchhof weg, das gehe auch nicht, meinte er. Die Liesl wurde noch freundlicher und wärmer zu ihm, und endlich brachte sie ihn soweit, daß er versprach, sich schon in den nächsten Tagen beim Amrainer sehen zu lassen.

»Aba ganz gwiß, gell Hansei, gwiß!« nahm ihm die Liesl das Wort ab: »I mächt mi it blamiern! I hob sovui guat (soviel Gutes) g'redt für Di' bei der Amrainerin.« Weil der Hansl ein unschlüssiges, schweres Gesicht hermachte, zog sie andere Saiten auf.

»No jetz! Du bischt doch a Mannsbuid, Hansei! Herrgott, Du bischt doch koa Lausbua nimma!« hetzte sie ihn auf: »Koa Mensch gibt Dir wos, wennst ös Dir it bessa machst! Heunzutog muaß ma zugreifa, wenn oan a guata Plotz winkt.« Treuherzig setzte sie dazu: »Also i tat mi fei recht freu'n, Hansei, wenn mir zwoa wieder auf aran gleichn Plotz z'sammkemma...« Das brach den letzten Widerstand. Der Bursch schlug ein.

»Aba ganz gwiß, gell! Gwiß, Hansei! It daß d' wieder feig werst, wenn i weg bin!« beharrte die Liesl noch einmal und drohte: »Sunst san ma z'kriagt (zerstritten)!« Wiederum versprach's der Hansl.

Die Liesl ging nicht mehr über Freiselfing zurück, wenngleich sie da näher hatte. Sie nahm den Umweg über das nordöstlich von Besenberg gelegene Vierhäuserdorf Reitlberg und kam gerade recht zur Stallarbeit auf den Amrainerhof. Der Sepp fütterte bereits seine Rösser. Mit sichtlichem Eifer hantierte die Liesl.

Später, als man nach dem Nachtessen in der warmen Kuchl hockte, rissen auf einmal alle drei den Kopf in die Höhe.

»Was is denn jetzt dös?« fragte die Liesl unvermittelt. Ein heftiges Schreien von draußen kam näher an die Fensterscheiben, an der Tür wurde gerissen und das Jammern drang viel deutlicher ins Haus.

»Schaug hoit! (Schau halt),« knurrte die alte Amrainerin den Sepp an. Der ging aus der Kuchl zur Haustüre. Die beiden Weiber waren erschreckt aufgestanden. Kurz darauf rannte die junge Leerbacherin im Hemd, mit zerrauftem Haar, blutüberströmt zur Kuchl herein.

»Jajaja, annnanana! Jetzt sowos!« fuhr die Amrainerin auf: »Der Saulakl, der grob'!« Die Liesl stand erschreckt da, der Sepp machte ebenfalls ein griesgrämiges, hilfloses Gesicht.

»Loßt's mi doch do! I geh nimma hoam! Nana, gor nimma! Der Hund, der grob', derschlogt mi a so nu! U-u-uah! U-u-uh!« heulte die schlotternde Bäuerin und erzählte stockend, der Toni, ihr Mann, sei sternhagelbesoffen heimgekommen und habe einfach mit dem Stecken auf sie eingehaun, weil sie über sein Saufen »gemamst« habe.

»Dö ganz Woch konn' i schinagln (rackern), daß i fast umfoi (umfall), und er sauft in oan furt (in einemfort), de-der ganz der schlecht' Kerl, der!« jammerte die Leerbacherin zerstoßen: »Dös wenn i gwißt hätt, nia i'n gheirat, den saugrobn Lakl, den saugrobn!« Die Dirn holte einen Rock und Spenser, die Amrainerin versuchte zu beruhigen, der Sepp ging aus der Kuchl, die Bäuerin wusch sich und blieb über Nacht im Amrainerhaus. In der anderen Frühe kam der Toni daher und verlangte sein Weib.

»Du Sauschwanz, Du gräusliger! Schamst d'Di' gor it!« fing die Amrainerin zu schimpfen an: »Du Siach (grober Kerl), Du schlechter!« Wirklich, sie brachte es fertig, daß der Leerbacher-Toni sich schämte. Er stotterte etwas verlegen, als seine Bäuerin zerschunden und unversöhnlich vor ihm stand.

»Geh weita! I hob hoit an Rausch ghabt!« sagte er und zog sie fort: »Nana, Amrainerin, nana, ma muaß scho oi zwoa Seitn härn (hören)... Geh weita, i bin hoit aa wuid (halt auch wild) wordn, wennst oiwai a so neibenzt (hineinschimpfst), Zenzl!« – Er zerrte sie über den schneeigen Buckel und sie ließ sich willenlos mitschleppen. Beim Lochbichler schauten sie feindselig durch die Fenster. Die Amrainerin sagte, die Tür zuziehend:»Mei Liaba, dös is a so a Elend –« Sie brach sofort ab, denn der Sepp stand neben ihr.

Der Leerbacher-Toni war mit dem Sepp im Feld gewesen und hatte es da bis zum Vizefeldwebel gebracht. Das eiserne Kreuz erster und zweiter Klasse schmückte bei Trauerfeierlichkeiten und Veteranenjahrtagen seine Brust. Hingegen, das ist nicht immer gesagt, daß einer, der im Krieg tapfer und tüchtig gewesen ist, alsdann auch im zivilen Leben was taugt. Beim Leerbacher-Toni konnte man das mit Fug und Recht anführen. Als ältester von drei Brüdern war er vom Krieg heimgekommen. Zwei Finger hatten sie ihm weggeschossen, ein Bajonettstich durch den Oberschenkel und ein Streifschuß an der Achsel waren gut verheilt. Als lauter Held kam er heim, und laut, lärmend laut blieb er seither.

Und wo konnte man am besten aufschneiderisch lärmen? Im Wirtshaus. Der Toni wurde ein Wirtshaushocker. Kaum hatte er etliche Maß im Bauch, überschrie er jeden. Die Leerbacherin starb inzwischen, der alte Leerbacher litt schon lange an Gicht, das Sach' war passabel, der Toni mit seiner Großsprecherei fand auch eine Hochzeiterin in der Heinzlbacher-Zenzl von Reitlberg, aber – aber das änderte ihn nicht. Die Eheleute waren ewig zerkriegt, der Toni soff und soff, und wenn er heimkam mit einem Brandrausch – selbstredend die Zenzl fing das Granteln an – da wurde er auf einmal sinnlos fuchtig und schlug sie mit allem, was ihm grad in die Hand fiel.

Das war eigentlich die erste Heirat in Besenberg nach dem Krieg. Der weiberfeindliche Amrainer-Sepp konnte sich ein nettes Bild davon machen.

»Pfui Teufel! Und sowos seiner Lebtag!« sagte er sich: »Pfui Teufel! Hirndamisch müßt i sei', wenn ich mich auf sowas ei'loßn sollt'...«

VII.

Der Pointner-Hansl hielt sein Wort. Einmal an einem Sonntag kam er zum Amrainer und man wurde einig. In der darauffolgenden Woche fuhr der Lergler-Wiggl mit seinem Einspänner-Wagerl den hölzernen Koffer vom Buchhof herüber und der Hansl stand ein beim Amrainer.

Die Liesl war vollauf zufrieden. Der Hansl – so zeigte sich bald – paßte ausgezeichnet zum mürrischen Sepp. Der Bursch war ein stämmiger, sehr nachgiebiger Mensch von knappen fünfundzwanzig Jahren und arbeitete unbändig. Er fügte sich auch schnell in die Einsilbigkeit des jungen Bauern und folgte ohne Widerrede. In seinem runden, dummguten, flaumbärtigen Gesicht standen zwei seltsam kindliche, große Augen ohne einen Funken von Willen. Ein bißl linkisch war der Hansl, ungewollt schüchtern und beschränkt. Bei alledem aber war seine ganze Erscheinung einnehmend, groß und breit, kräftig und ausgearbeitet.

Schon nach den ersten Tagen sagte die alte Amrainerin einmal in einer alleinigen Minute zur Liesl: »Er gfoit (gefällt) mir it schlecht, der Hansei! Er macht a rechter guats Gsicht her und a der Arbat feit (fehlt) eahm aa nix.«

»Jaja, i hob mir's ja glei denkt, daß er herpaßt,« meinte die Dirn geschmeichelt und setzte dazu: »So junge Kerl loß'n si' aa no biagn, wia ma's braucht...«

Dem Sepp fiel auf, daß Knecht und Dirn ungemein speziell zueinander waren. Wo immer sie beieinander waren – im Stall, auf der Tenne oder auf dem Feld – ihre Unterhaltungen hatten was recht Munteres und Herzliches. Die Liesl machte mitunter – und das grad immer, wenn der Sepp auftauchte – einen derben Spaß. Dann kam es nicht selten vor, daß der Hansl ein sonderbar verlegenes Gesicht schnitt. Die Arbeit litt nie darunter, trotzdem aber – den Sepp schien dieses gute Zusammenstimmen der zwei insgeheim zu ärgern. Die Liesl spannte das gleich. Frech und keck und ganz offen schaute sie dem jungen Bauern ins Gesicht und warf vorwitzig hin: »Oha Baur! Heunt, moan'i, is Dir glei gor wieda a Laus über d'Leber krocha, han...? Dös is aa dös recht it! Bei üns geht d'Arbat erst recht flink, wenn ma lusti san...« Sie zeigte dabei ihre gelben, mandelgroßen Zähne und stieß zwei, drei gewaltmäßige Lachlaute aus sich heraus. Das zwang auch dem Hansl ein Grinsen ab, aber der Knecht linste bei solchen Gelegenheiten fortwährend verstohlen bald auf den Sepp, alsdann wieder auf die Liesl, gradso als sei er noch ungewiß, an wen er sich halten sollte. Sein unausgeprägtes Gesicht bekam dann etwas feig Verschloffenes. Dumme List und leichte Angst waren drin, und manchmal, wenn der Sepp stockfinster auf den Knecht schaute, wurde dieser rot wie ein ertappter Schulbub. Er griff unwillkürlich fester zu bei der Arbeit und versteckte sich gewissermaßen hastig in sich selber. Der Liesl kam das nicht aus.

»Schoferl (Schäfchen)!« hieß sie den Hansl, wenn der Sepp endlich wieder außer Sicht war: »Schoferl, fürchtst Di – glei gor vorm Sepp? Der tuat koan Menschen wos...«

»Er is oiwai gor so gspassi (sonderbar),« wich alsdann der Hansl aus: »I kenn mi' überhaaps it aus... Wer schafft den do eigntli o?«

»Wer o'schafft...? Oiwai no dö Oit,« klärte ihn die Liesl auf.

»Und er? Mächt er it boi (bald) Baur werdn?« wollte der Hansl wissen.
»Der...?«

»Ja«

»Ah, der!« warf die Liesl verächtlich hin: »Freili, dö Oit tat's ganz gern sehng, wenn er heiratn und übernehma tat, aba der traut si' it hi' zu aran Weibsbuid (zu einem Weibsbild)... Dös is ja a ganzer bsunderner Heiliga...« Sie erzählte noch ein mehreres über den seltsamen Sepp, von seiner Brandstifterei und von seinen zwei Jahren Zuchthaus, und der Hansl bekam ganz baffe Augen.

»So, an Zuchthaus is er aa scho' gwen... Ja nacha mog'n freili koane mehr,« sagte er kindlich.

»Ah, deswegn,« lachte die Liesl: »Deswegn kriagert er leicht a Bauernstochta, wenn er mächt'... Dös is scho lang vergeßn. Und 's Sach is doch noglneu! Do waar oft oane froh, wenn's ei'heiratn kunnt, aba der Sepp mog ja it... Woaß der Teifi, der woaß ja selba net, wos er will...« Allmählich kam der Hansl ganz ins Bild und hielt sich bloß mehr an die Liesl. Die Dirn war auch wirklich die einzige, die ein bißl Leben und Lustigkeit in das muffige Amrainerhaus brachte. Die alte Bäuerin gewann sie jeden Tag lieber, der Knecht hing an ihr und der Sepp war ihr nicht gewachsen, ganz im Gegenteil: Mit der Zeit verschworen sich die drei – Liesl, Amrainerin und Hansl – gradzu gegen den verschlossenen Kerl. Es passierte nicht selten, daß die zwei Dienstboten zustimmend dreinschauten oder halblaut lachten, wenn die Alte ihrem Sohn spitzige Grobheiten hinwarf. Immer mehr ließ die Amrainerin ihre Verachtung aus sich heraus, zuletzt schien es als wollte sie mit aller Absicht den Sepp herabmindern und ärgern. Ein unterirdischer, brodelnder Haß stand zwischen den beiden. Oft und oft hielt es der Sepp wirklich nicht mehr aus, dieses Hineinbenzen. Dunkelrot im ganzen Gesicht stand er von seinem Ecktisch auf.

»Gern hob mi! Am Orsch leck mi, daß D' ös woaßt!« knurrte er bissig und ging aus der Kuchl. Dann zerfaltete sich das Gesicht der alten Amrainerin ganz und gar und fast weinerlich wandte sie sich an die Dienstboten: »Do! Do sehchts (seht ihr) es jetzt! Do härt's es jetzt! A so geht er um mit seina oitn Muatta, der Saukerl, der ganz schlecht'… A Sünd' und a Spott is, wos mir der für an Verdruß macht in meine oitn Täg'…« Mitleid suchte sie, und Mitleid fand sie.

»O mei, o mei! Is Dir dös a Kreuz, Amrainerin!« versuchte sie die Liesl zu trösten und fast hilflos teilnahmsvoll schaute der Hansl drein. Die Alte rieb an ihren Augen und seufzte, die Tränen kamen ihr nicht.

»Unglück und Verdruß hot er mir brocht und koa Ruah gibt er!« jammerte sie weiter und erzählte manches, wurde immer redseliger, erzählte alles.

»Aus reiner Boshaftigkeit heirat' er it, der Sautropf, der bockboani… Rackern konn' bis i umfoi (umfall)!« klagte sie: »wenn i sog, er soit (sollte) übemehma, geht er einfach! I kenn mi überhaaps nimma aus mit eahm!«

Genau hörte die Lies' hin: »Hm, und waar doch a so a schön's Sach,« sagte sie und schüttelte den Kopf. »O mei, Bäurin, a so a Verdruß, hmhm…«

Der Sepp schloff währenddessen im Haus herum und konnte seine Wut kaum mehr meistern. Er stand auf einmal in der Tenne und schaute die dichtgefüllten Heu- und Strohsäcke an. Er kroch auf den Getreideboden und stocherte sinnierend mit der glatten Einschüttschaufel im ausgebreiteten Körnerhaufen herum. Er knirschte auf einmal, umspannte den Griff der Schaufel fester und warf sie krachend in ein Eck.

»Mistweiber, verreckte!« zischte er grimmig. Eine neue Welle Zorn schoß in seinen Kopf. Er lugte kurz und verdächtig rundum und schnaubte. Wie von ungefähr schaute er durch das Giebelfenster in die wintrige Mondnacht hinaus, und sein Blick blieb auf dem Leerbacherdach stehen. Wahrscheinlich kam ihm diese Nachbarsehe in den Sinn, vielleicht aber erinnerte er sich auch nur an seine ewig nörgelnde, stichelnde Mutter und stellte sie mit allen anderen Weibern in eine Reihe. »It um viel Geld, it um ois's (alles) in der Welt mit ara solchem Zanga mei' Lebtog beinand sei',« dachte er verrannt. Erst vorgestern, am Josephitag, war am Nachmittag der windige Lergler-Wiggl dagewesen. Sicher auf Verabredung mit der Amrainerin. »Ah, do is er ja,« sagte der Lergler damals, als der Sepp in die Kuchl kam, »grod sog i, Sepp, a Hochzeiterin hätt' i für Di! Wos recht wos Guats und Bravs. Und hübsch a Geld bracht's aa mit ... A handsame (zugängliche) Person! A fleißigs Leut ...«

Amrainerin und Wiggl schauten gespannt auf den Sepp. Der aber warf, ohne Blick, sackgrob hin: »Mei Ruah loß mir! Worum kimmst denn oiwai? I hob Dir it gschrien!« Hingegen der Wiggl ließ sich absolut nicht aus der Ruhe bringen und meinte lächelnd: »Ah, schaug Sepp, i wui ja bloß dös Best' für Di! Loß doch redn mit Dir!« Er gestikulierte mit den Armen, als gälte es einen Viehhandel.

»I mog it, sog i!« beharrte der Sepp: »Und *Di* brauch i scho glei gor it!« Gleich mischte sich die Amrainerin ein: »Wennst Du it schaugst ewi!« Der Sepp sah sie durchdringend an, verzog alsdann seine Lippen hämisch und warf unversöhnlich hin: »Jaja, schaugt's nu! I pfeif enk drauf!« und ehe die zwei was sagen konnten, schmiß er die Tür zu und hockte sich in die weitläufige Stube nebenan. Eine Zeit lang redeten Wiggl und Amrainerin noch. Er verstand jedes Wort. Es war ja auch so, als redeten sie absichtlich laut. Die Bolwanger-Marie von Pfreimding nannte der Wiggl. Allereinnehmendst schilderte er sie und ihre Vermöglichkeit. Sogar selber angetragen habe sie sich, meinte der Schmuser.

»Ja, beim Teifi nei, wia lang will er denn no' wartn, der Sepp?« alterierte er sich: »I glaab frehling (schier), der spinnt!«

»Ja, i glaab's scho boi selba,« hörte der Sepp die Amrainerin klagen: »I sog Dir's aufrichti, Wiggl, so g'ärgert hob i mi scho, daß i direkt an Fremdn d'Sach gebn tat, wenn i oan wüßt ...« Das interessierte den Sepp.

»Tua's hoit!« plärrte er in diesem Augenblick frech und grob: »Meinetwegn konnst ös herschenka, d'Sach.« Die zwei in der Kuchl waren schier erschrocken über diesen plötzlichen Zwischenruf. Ratlos schauten sie einander an.

»Hm,« machte der Wiggl und besann sich: »Hm ... Du, der mog dös schö Sach it? Dös is ja doch scho auffälli!« Jetzt war es auf einmal still in der Kuchl, aber – seltsam der Sepp spitzte seine Ohren. Ihm war, als redeten die zwei draußen flüsternd. Er schwang sich vom Kanapee empor und tauchte jäh im Rahmen der Stubentür auf. Wirklich, der Wiggl zuckte, als er ihn sah.

»Mach daß D' weiterkimmst, gell!« drohte der Sepp dumpf und seine Augen hatten böse Funkler.

»Hoho! Hoho! Du host gor koan ausz'schaffa, gell!« bäumte sich da die Amrainerin auf. Der Wiggl sagte aber bloß mehr: »I geh ja scho, Amrainerin! I mächt koan Unfriedn a's Haus bringa ... Pfüat Di Good ...«

Die Tür ging zu. Die Tapper durch den Flöz verhallten, die Haustür fiel ins Schloß. Die Amrainerin und der Sepp standen sich noch immer gegenüber. Die Alte war käseweiß. Wie Dolche stachen ihre Augen auf Sepp ein. Ihre Lippen bebten.

»Do siehcht ma an Zuchthäusla!« brachte sie endlich heraus. Das Wort hatte sie noch nie gebraucht. Am ganzen Körper zitterte sie.

Garnichts sagte der Sepp. Er schloß stumm die Stubentür. Ganz matt brach die alte Bäuerin auf das Kanapee nieder und seufzte leicht. Dunkler und dunkler wurde es. Kein Leben schien mehr in der Alten. Erst als die Dirn daherkam und das Licht anknipste, räkelte sie sich wieder in die Höhe und ging an den Herd.

VIII.

Es passierten nun im Verlauf der nächsten Monate allerhand Dinge; Kleinigkeiten eigentlich, oft nicht der Rede wert, sie hängen aber – überdenkt man alles genau – ursächlich mit dem Ganzen zusammen.

Da war zum ersten seit dem Besuch vom Lergler-Wiggl eine sehr auffällige Unruhe beim Sepp zu bemerken. Er wurde zwar noch versteckter und schleichender, indessen er geisterte von jetzt ab wie ein spursuchender Hund hinter jedem im Haus und tauchte meist ganz plötzlich wie aus dem Boden gewachsen auf. Das machte schließlich alle unsicher und unruhig. Der Sepp überwachte gleichsam alles und alle und war überall; niemand wußte, was er mit diesem fortwährenden Herumschnüffeln bezwecken wollte, aber es war so widerwärtig und lästig, daß sich keins mehr im Haus richtig zu reden getraute. Selbst die Liesl hielt jetzt ihr keckes Mundwerk mehr im Zaum, wenn sie mit dem Hansl oder der Amrainerin allein war, oder sie sagte nur das, was jeder hören konnte.

»Wia a Wuimaus (Wühlmaus), wia a Scher (Maulwurf) is er,« sagte die alte Amrainerin einmal zur Dirn über den Sepp: »Ois's untergrobt er ... Dö ganz Gmüatlichkeit ...«

Grad wollte die Dirn, hastig und mißtrauisch um sich schauend, das Wort nehmen, da kam auch schon der Bauer zur Kuchtür herein. Stockig und feindselig maß er die zwei Weibsbilder, die Liesl nahm ihre Milchkübel und ging in den Stall, die Amrainerin rührte mit dem Kochlöffel die brodelnde Brennsuppe auf der Herdplatte. Der Sepp stand da und rührte sich nicht, wie ein Holzklotz. Kaum zum Aushalten war das für die Amrainerin. Sie kochte innerlich genau so wie die Brennsuppe. Am liebsten wär' sie dem muffigen Patron ins Gesicht gefahren. Aber sie ließ sich's absolut nicht anmerken. Sie tat, als sei der Sepp überhaupt nicht da. Stockstumm war es zwischen ihnen. Bloß die Scheite im Herd prasselten und das Brodeln der Suppe vermengte sich damit.

»Wos tuast denn eigntli jetz oiwai beim Pfarrer drin noch der Kirch?« fragte es auf einmal hinter dem Rücken der Amrainerin, und sie wandte das Gesicht nach dem reglosen Sepp. Sie erschrak schier, so furchtmäßig schaute der drein. – »Dös geht Di gor nix o,« faßte sich die alte Bäuerin, »i frog ja aa it, worumst Du hinter jedn nochschleichst...«

»Hot Dir eppa der sell hundsheiderne (etwa derselbe hundsverfluchte) LerglerWiggl dös ei'gespiebn (eingespien), ha?« reizte sie der Sepp und verriet sich ganz: »Dös sog i Dir, ehvor d'Kirch an Hof kriagt, zünd'n i Liaba wieda o...« Er war blaß. Wie ein drohender Schatten ragte er auf. Die Amrainerin umspannte unwillkürlich den Kochlöffel fester, drehte sich ganz herum und loderte ihn an mit ihren Blicken.

»So?!« zischte sie, »soso...! Aiso (also) dös treibt Di' rum? Mei Liaba, jetzt werd's ma boi z'dumm mit Dir! Mir wuin (wollen) nacha doch scho sehng, wer mehrer is – Du oder i! Dei Schindludertreibn mit mir hot si' jetz boi aufg'härt!« Auf ihrem knochig-faltigen, hageren Gesicht flimmerte die Wut.

»Entweder heirat'st und übernimmst, oder i mach's aus mit'n Herrn Pfarrer!« plärrte sie und hatte bereits den Kochlöffel schlagbereit in der Hand. Sie zitterte am ganzen Körper.

»So,« sagte der Sepp seltsam ruhig: »Soso, aiso jetz keim' i mi aus...« Und damit tappte er aus der Kuchl.

Jetzt war die Amrainerin zu allem entschlossen.

Zum Zweiten:

Der Lergler-Wiggl wollte unter allen Umständen bald zu seinem Schmusergeld kommen. Nachdem er gesehen hatte, mit der Liesel und dem Sepp wird es nichts, wiederum nachdem er beim Amrainer wegen der Bolwanger-Marie gewesen war ohne was auszurichten, griff er zu einem Mittel, das ihm probat schien. Er stellte es überall in der Pfarrei so hin, als sei's mit dem Sepp und der Marie ihrer Verheiratung ganz und gar echt. Wenn die Leute auch dran zweifelten, weil sie zwischen den zwei künftigen Hochzeitsleuten noch nichts gesehen hatten, was auf ihre Absichten schließen ließ – der Wiggl ließ sich nicht irrmachen. Er verstand es ausgezeichnet, Einzelheiten in seine Botschaft mit einzuflechten, die nach Wahrheit rochen. Die Leute wurden interessierter und glaubten ihm schließlich. Schon deswegen glaubten sie, weil man sich beim Bolwanger nicht im mindesten gegen diese Ausstreuungen stellte. Bauer und Bäuerin lachten verschmitzt, wenn sie jemand ausfragen wollte und meinten: »Jaja, konn scho sei, daß boi a Houzet (Hochzeit) gibt...« Und die Marie, die letzte von zwei bereits verheirateten Töchtern, sagte zu all dem auch kein festes Ja und kein deutliches Nein. Grad gut stand's beim Bolwanger nicht. Ein hübsch verschuldeter, mittlerer Hof war's, die ältere Tochter, die Agath', hatte – trotzdem die Alten sehr dagegen gewesen waren – den notigen Häuslerssohn Leitner-Toni von Reitlberg geheiratet, die andere, die Zenzl, einen Gendarm von Trosting, mit Ach und Krach ging es um auf dem Hof, weiter aber auch garnichts, und die Marie stand schon in den Dreißigern. Sie war fest beieinander, aufgeweckt und rundum gesund. Auch die Courage ging ihr nicht ab, mit einem Mannsbild fertig zu werden, und der schöne Amrainer-Hof stach ihr in die Augen.

Genau so wie die Bolwangers hielt es auch die Amrainerin. Es sah fast so aus, als hätten sich die beiden Parteien schon insgeheim ausgesprochen, freilich ohne den Sepp, aber immerhin. Fragte wer die Amrainerin inbezug auf die Heiraterei, so verzog auch sie ihr Faltengesicht und meinte: »Noja, ös werd's es scho sehng, wenn's soweit is. Über's Knia loßt si' sowos aa it o'brecha.« Man sah sie auch öfter nach dem Hochamt mit den Bolwangerischen und der Marie recht freundlich disputieren, und das hieß viel bei ihr.

Als dritte Kleinigkeit muß berichtet werden, was der Sepp einmal erlauschte, als die Liesl und der Hansl abends im Stall arbeiteten. Er stand in der nebenanliegenden Remise hinter einem Wagen, nahe an der Türe, welche in den Stall hineinführte. Die Liesl hockte unter einer Kuh und molk, der Hansl fütterte die Rösser. Das Schnauben und Prusten der Kühe, das leise Gackern der Hennen in den Steigen, das Grunzen der Säue und hin und wieder ein dumpfes Stampfen aus dem Roßstand erfüllten den gewölbten Stall.

»I woaß's it – der Sepp gfoit (gefällt) mir fei in der letzten Zeit gor nimma,« sagte die Liesl, »schier is's, ois wia wenn er nimmer recht is ...«

Ein Roß wieherte hell auf, und die Hühner gackerten erschreckt. »No, steh umi! Hoho! Umi!« plärrte der Hansl. Massigeres Stampfen wurde vernehmbar, alsdann sagte der Knecht nebenher: »Ja, er mog si' direkt selba it ...«

Wieder verging eine Weile. Die Liesl trat aus dem Kuhstand mit der Melchgülte und schüttete die gemolkene Milch in den großen Kübel.

»Jetz i sog amoi soviel, i glaab, daß dö Baurnstöchter rundum oisamm (alle zusammen) bloß recht protzi san... Sunst tat si' scho lang oane um an Sepp kümmern,« sagte sie, »wenn der amoi verheirat' is, werd er glei a ganz a anderner Mensch...«

»Jaja, dös kunnt scho sei,« meinte der Hansl. Die Dirn, die jetzt ihre Gülte geleert hatte, schaute nach dem Roß-Stand und sagte lauter: »I wenn a Aug' hätt' auf'n Sepp? Mir tat sei Grantigsei gor nix ausmacha... I wett, daß der schnell zum Richtn waar...«

»Du...?« hörte der Sepp den Hansl sagen.

»Ja... Worum schaugst denn do so?« klang's von der Dirn zurück.

Der Knecht lehnte sich an die hohe Planke des Roß-Standes und schaute schüchtern auf die Liesl: »No... i moan hoit! An Zuchthäusla mog aa net a jede...« Er war rot und die Liesl lächelte leicht.

»Ha! Zuchthäusla! Dös braucht koan' schiniern! Anderne hobn aa o'zundn, aba sie san hoit net derwischt wordn... An Sepp schaugt ma deswegn schiaf o!« rief sie merkwürdig laut: »Aba z'letzt konn er ja doch über oi lacha! Er hot a schön's Sach' und ois's ghärt eahm alloa!«

Der Sepp hörte etliche Schritte auf dem Pflasterboden des Stalles und duckte sich hastig unter den Wagen. Sein Herz klopfte ein wenig schneller.

»Waar (wäre) jetz dös wirkli' dei' Ernst? Tatst an Sepp pfeilgrod heiratn, wenn er mächt'?« ließ sich jetzt der Hansl vernehmen. Eine Weile stockte es.

»Ha-hm, Schoferl! Ma sogt ja bloß,« schloß alsdann die Dirn.

Zum vierten endlich:

Einmal gegen Februar-Ende fuhr der Sepp wieder zum Justizrat Rosenzweig nach München. Es fiel nicht weiter auf, denn um dieselbige Zeit war gerade der Trostinger Ferkelmarkt. Da trafen sich die Bauern aus der ganzen Gegend, wenn sie auch nichts feilboten oder kauften.

Nachts auf dem Heimweg stieß der Sepp mit dem Leerbacher-Toni zusammen. Der war gut aufgelegt und hatte noch keinen Rausch.

»He, der Amrainer-Sepp?« redete er seinen Nachbarn gemütlich an: »Wo kimmst denn jetz Du her? Bischt a drent gwen s'Trosting an Ferklmarkt?«

»Ja,« log der Sepp.

»I hob Di gor it gsehng?« meinte der Toni.

»San ja Leid (Leute) gmua (genug) gwen,« redete der Sepp sich aus.

»No, passiert scho! (es geht an)« bestritt der Toni: »It d'Hälft wia sunst. Do hätt' ma oan scho sehng kinna (können)...«

»Ja mei, Du hockst ja oiwai a dö Wirtschaftn umanand... I hob überhaaps it einkehrt,« antwortete der Sepp ausweichend.

»I...? Nana, i bin scho an Markt aa umanandgwen!« sagte der Toni und lächelte glucksend: »Dö richtign paar Moßn gump (gieße) i jetzt erst z'Freiselfing obi... Gehst mit eini nacha? Zum Bräuwirt?«

»Nana, i muaß hoam,« lehnte der Sepp ab.

Wieder gluckste der Toni und rülpste stehenbleibend, indem er lustig auf den Sepp schaute: »Herrgott, wos tuast d' denn mit Dein' vuin (vielen) Geld, wennst d' Dir nix gunnst (gönnst)? Wos knickst denn gor a so! Bist doch no ledi und ois's ghärt Dir, dappiga Hiasl!«

»Ja mei... Mir ghärt nu gor nix,« brummte der Sepp düster und wollte weiter, aber der Toni ging mit.

»Dir...? Aba hobn kunnt'st ös jederzeit... Wenn dei oite Muatta amoi stirbt, foit (fällt) ja doch ois's Dir zua! Wos redst denn do für an Bovi (Unsinn)!« polterte der Toni gutmütig und setzte heiter dazu: »Host eigntli ganz recht, Sepp, daß d' it heiratst! Schaug mi o! Vier Kinder hob i und a rechta Bißgurrn (Beißzange) ois (als) Wei'! Schinagln (Schinden) konn i dö ganz Woch' und wenn i amoi a poor Maß trink, gibt's an Krach! Wenn i wia Du waar i tat aa it heiratn... D'Weibertn? Do is dö best' nix!«

»I siehchs (sehe es) ja bei meina Muatta scho,« warf der Sepp hin und ärgerte sich, daß er's gesagt hatte.

»Dei Muatta?« hakte der Toni interessierter ein: »So...? Wos d' Du it sogst! So letz (böse) is dö? Gunnt's Dir eppa d'Sach. it?«

»Hm... i woaß's aa it,« wich der Sepp aus und hatte bloß den einen Wunsch wegzukommen. »Aber bedenken Sie doch eins, Herr Lederer,« hatte ihm der Rosenzweig heute gesagt: »Bedenken Sie doch – Ihre Frau Mutter kann doch auch plötzlich sterben? Was dann? Es müßte Ihnen doch grad dranliegen, möglichst schnell zu heiraten und der Versicherung zuvorzukommen... Das überschreiben auf die Ehefrau ist doch eins, zwei, drei gemacht!« Dem Sepp gingen die Worte wirr und lästig im Kopf herum. »Sterben,« dachte er: »Herrgott ja, sie kann mir wegsterben, dann sitz' ich da!« Er vergegenwärtigte sich seine Mutter. Ausgerackert war sie, mühselig war ihr Gangwerk, gesund war sie ja noch immer – Appetit hatte sie noch! Nein, es fehlte nichts bei ihr. Aber – Herrgott – so alte Leute? »Sterben« fiel ihm wieder ein, dem Sepp: »Sterben!« Eine finstere Unruhe kam über ihn. Weiter wollte er, weiter. Doch der Leerbacher-Toni war nicht zum Losbringen.

»Oder mächt dei Muatta eppa (etwa), daß D' heiratst?« fragte der jetzt und setzte dazu: »I hob glaab i scho amoi sowos ghärt...« Er wurde leicht lustig und schwatzte weiter: »Noja, so heirat' doch in Gottsnam! Du brauchst es aa it bessa hobn wia ander Leut'...« Er lachte ein wenig. Dem Sepp verzog es gleich das Gesicht. Gut, daß es dunkel war.

»I mog mir aba dös Kreuz it o'toa (antun)... I siehch mir gmua an Dir!« sagte er mürrisch.

»Hja, ha, bei mir!« lachte der Toni: »Ja, do kunntst schier recht hobn!« Um einen Hieb eifriger fuhr er fort: »Aba woaßt wos, Sepp... Mi? Mi, wenn wer so tratzn (reizen) tat, wia Di Dei' Muatta – do wererd i (würde ich) ganz bäri (bärenhaft wütend)... I tat ja pfeilgrod a Dutzend ledige Kinda macha, nacha müaßt's scho rausrucka mit'n Sach'... Do waar i saukoit (da wäre ich saukalt).«

»Ja, und wos waar's nacha?« fragte der Sepp mißmutig nebenher.

»No! Probier's hoit amoi (halt einmal)!« rief der Toni, »do werst schaugn, wenn amoi d'Alimentn daherkemma... Do gibt Dir dei Muatta an Hof gern.«

»Ah! Gebn! Gebn!« ärgerte sich der Sepp über das Geschmarr: »Wer red't denn vo' dem!«

»Noja *Du!*« erstaunte der Toni kurz: »Du host doch grod gsogt, daß D' ös it gwiß woaßt, ob s' Dir an Hof gibt.«

»Ja-ha-ja ja,« quengelte der Sepp umeinander: »Ja...« und machte plötzlich eine wegwerfende Bewegung mit dem Arm: »Ah, dös verstehst Du ja doch it... I mog it redn drüber!« Zum Greifen war es, daß er etwas verheimlichte. Für dumm ließ sich der Toni nicht kaufen. Außerdem: bei ihm stand es miserabel schlecht. Schon lang suchte er etliche tausend Mark, um wieder aus den gröbsten Schwierigkeiten herauszukommen. Die Gelegenheit war günstig. Der Sepp war ein Kriegskamerad von ihm. »Geld ist da beim Amrainer,« sagte sich der Toni, »da könnte was hergehen.«

Fein fädelte er weiter. Einen kameradschaftlich-herzlichen Ton schlug er an: »Sepp,« sagte er, »so oite Weiberleut, mei Liaba, dö hobn eahnerne (ihre) Mucken... I siehch Dei Muatta jetz auffälli oft zum Pfarra neigeh'... Do derfst dazutoa (dazutun), daß d' Sach a' d'Händ kriagst, sunst verschreibt sie's glei gor der Kirch'.«

»Der Kirch?« tat der Sepp baff und blieb stehen. Sie schauten sich an im blassen Mondlicht.

»Paß auf, ob i it recht hob,« sagte der Toni zudringlich vertraulich: »Dös 'Neilaffa (Hineinlaufen) zum Pfarra, dös gfoit (gefällt) mir it!«

»Hm… jaja, mit'n Pfarra hot sie's in der letzn Zeit arg,« bestätigte der Sepp nachdenklich, und sie gingen wieder weiter. So vertrauensvoll redete der Toni. Zum ersten Mal spürte der Sepp eine Herzlichkeit in einem Menschen. Aus einem Mann kam sie! Aus einem alten Kriegskameraden!

Aus dem Trostinger Forst kamen sie. Bleich schien der Mond auf die schneeverkrusteten Flächen. Wie blankgeputzte Lichtlein funkelten die Sterne im Gewölb des Himmels. Freiselfing hob sich dunkel und zackig ab von der Helligkeit. Da und dort blinkten noch gelbe Fenster.

»Bevor i dös zualossert, Sepp,« sagte der Toni, »do tat i ja pfeilgrod an Hof nochmoi o'zündn und wenn i meiner Lebtog ins Zuchthaus 'neimüassert! (hineinmüßte). A anderer kriagert mir d'Sach it!« Er rutschte aus und erfing sich grad noch. Das nahm seinen mannhaften Worten allen Nachdruck.

»Ja mei, wos wui ma do macha,« gab der Sepp gleichgültig verdrossen zurück, und da auf einmal verstellte ihm der Toni den Weg, stellte sich Brust an Brust vor den Sepp und sagte mit der einnehmendsten Treuherzigkeit: »Also Sepp, loß Dir wos sogn! I wenn Dir helfa konn, nix tua i liaba… Oite Kameradn derfa (dürfen) anand net an Stich loßn! Auf Ehr und Seligkeit, Sepp, mi wennst brauchst, i steh' jederzeit auf Deiner Seitn! Do feit (fehlt) si' nix!« Er wollte dem Sepp. die Hand drücken, der aber ging weiter. Das verstimmte den Toni ein wenig. Er ließ sich nichts anmerken. Das Dorf fing an. Vom Bräuwirt drang Lärm auf die rutschige Schneestraße.

»Geh weita, geh a bißl eina, Sepp! Jetz versaamst (versäumst) ja doch nix mehr!« fing der Toni wiederum an und wollte ihn mitziehen.

»Nana, i muaß hoam. I muaß hoam, (ich muß heim),« lehnte der Sepp ab und tappte davon. Der Toni knirschte in sich hinein und ging ins Wirtshaus.

Immer wieder, immer wieder fielen dem Sepp die Worte vom Justizrat Rosenzweig ein. Er spürte fast etwas wie eine hilflose Angst in sich.

»Ah! ah!« machte er unmutig: »Ah… Dö und sterbn! Ah! Ah, Schmarrn!« Und jetzt mengte sich ganz von ungefähr das mit dem »Dutzend ledigen Kindern« in seine aufgescheuchten Gedanken. Er straffte seine Schritte. Wie ein fester Entschluß sah das aus…

IX.

Das Frühjahr stand im ersten Aufbruch. Mit dicken Nebeln fingen die Tage an und endeten damit. Nur in den Stunden um Mittag herum erwärmte sich die Luft, und in der scharf brennenden Sonne schmolzen die kärglichen Schneestreifen an den Waldrändern und auf den Breiten. Kalte Regentage gab es mit wäßrigem Schnee darein, der aber gleich wieder zerging, und wie ein wüstes Fegen jagten rauhe Winde über das gewellte Land.

Bei jedem Wetter stand der Amrainer-Knecht auf dem riesigen Misthaufen und lud die Fuder voll, die der Sepp auf die Felder fuhr. Dort breitete die Liesl diesen Mist aus. Regen, Schnee und Wind machten sie nicht irr. Eine zerflickte ausgediente Winterjoppe vom Hansl hatte sie an und einen ausgefransten Filzhut auf dem Kopf. Das Wasser rann ihr oft unten hinaus, aber sie werkelte mit verschwiegenem Grimm. Seit ihr nämlich das von der Bolwanger Marie ihren Heiratsabsichten zu Ohren gekommen war, fuchste sie sich massig. Sie verbarg es zwar wohlweislich hinter allerhand kleinen Gründen, die sie dem Hansl vormachte. Der aber bekam ihr Kritischsein am meisten zu spüren.

»Is ja wohr aa!« versuchte sie dem Hansl einzutrichtern, »is ja wohr! Koa Gmütlichkeit is a den Hauswesen! Du woaßt nia, wennst es recht macha konnst! Paßt an Sepp wos, nacha is d'Oit verschnupft! Und richtst Di' nach dera, nacha is beim Sepp wieda der Teifi los! Do kunnt dir doch mit der Zeit da Hamor (Humor) vergeh!« Der Hansl glaubte ihr aufs Wort.

»Hm, jaja,« murmelte er hilflos und teilnahmsvoll: »Der oa (eine) ziagt hinum und der ander herum! Do soit (sollte) ma si' nacha auskenna! Und a üns zwoa geht's außi, dös ewi Zwidersei vo dö zwoa!«

»Wenn's a so weitergeht, nacha bin i aa dö länger Zeit do'gwen,« knurzte die Dirn, und das machte den Hansl traurig.

»Wenn Du gehst, geh i aa,« sagte er treuherzig, schaute sie sonderbar an und schluckte.

Die Dirn lächelte in einer Art müder, sanfter Wehmut, wie man sie bei ihr absolut nicht gewohnt war, und umkreiste den Hansl mit warmen Blicken.

»O mei! O mei Hansl! Mir san hoit bloß windige Deanstbotn!« sagte sie und das tat dem Knecht blutwohl. Er wurde jäh rot bis hinter die Ohren. Eine unruhige Hitze rann durch seinen Körper. Er brachte kein Wort heraus. Dastand er wie ohne jede Kraft und erst als jetzt die Liesl mit einem leichten Seufzer die Gabel wieder fester packte, um den Mist unter den Kühen herauszureißen, erst jetzt kam er wieder zu sich, nahm schweigend den beladenen Karren vom Boden hoch und schob ihn durch die offene Stalltüre auf den Misthaufen hinaus.

Zweimal war die Liesl schon Sonntags insgeheim im Buchmooser Vilz drüben gewesen, nie aber hatte sie den Lergler-Wiggl daheim angetroffen. Beim letzten Mal steckte sie ihm einen Zettel unter die Haustüre, drauf stand: »Hab dir was Wüchtigs zum sang (Sagen). Komme bestümbd am Pfinster (Donnerstag) um 9 Uhr aufd Nachd zum Freislfinger Greuz. Ich ward auf düch. Fülle Griße Liesl.« Wer aber nicht kam, war der Wiggl. Eine Brandwut hatte die Dirn auf ihn. Er und kein anderer hatte ihr seinerzeit auf dem Veteranenball beim Bräuwirt in Freiselfing in die Ohren gesetzt, ob sie denn ewig Dirn bleiben und nie Bäuerin werden wolle. In Reitelberg, beim Wegrainer, war sie dazumal Dirn. Der Wiggl brachte sie heim in der Nacht und noch ein mehreres passierte dabei. Er raspelte in einem fort Süßholz vor dem Auseinandergehen und nannte als geeignete Partie den Amrainer-Sepp.

»Waar ja doch glacht, wennst *Du* dös it firtibringa tatst, Liesei!« schmeichelte er ihr und setzte den Platz beim Wegrainer herunter: »Do? Do kriagst ja net amoi gmua z'Eßn und rackern konn zum Dappiwerdn!« Das traf auch zu. Beim Wegrainer wurde kein Dienstbote alt. Alsdann schilderte der Wiggl den Amrainerhof, den Sepp und die alte Bäuerin.

»Mein' Kopf wett i, Liesei,« sagte er wiederum, »do wennst hi'kimmst, bist an Handumdrahn Bäuerin und nacha konnst a jede auslacha!« Das gab den Ausschlag. Sie wurden schlüssig und einig, die Liesl und der Lergler-Wiggl.

Und jetzt? So sind sie schon, die Mannsbilder: Winkt was Leichteres und Besseres bei so einer Sache, gleich bist du hergeschenkt!

Jetzt, weil's nicht gleich was geworden war zwischen Sepp und Liesl, jetzt hatte sich dieser miserablige Wiggl hinter die Bolwanger-Marie hergemacht.

Alles Schlechte auf der Welt wünschte sie dem falschen Kerl, die Liesl, und Rache schwor sie ihm, bitterste Rache. Sie wußte bloß noch nicht, wie!

Das Wetter hatte sich aufgeklärt in den letzten Tagen. Der Himmel lachte heiter, ganz und gar kam die Sonne zum Durchbruch.

Droben auf der Pfreimdinger Lende, die an der Nord- und Westseite an das Gemeindeholz grenzt, hockte die Liesl hinter dem struppigen, laublosen Vorgebüsch und machte Brotzeit. Ihr Trumm Brot zerkaute sie gemächlich und setzte dazwischen immer wieder die kalte Flasche Bier an die Lippen. Glucksend rann das braune Naß in ihren Mund, dann schluckte sie. Ihre Mannsbilderjoppe hatte sie abgelegt und saß drauf. Statt den Filzhut trug sie ein Kopftuch, das sie auf dem Genick fest zusammengebunden hatte. Ihr Geschau war unruhig. Sie schien über irgendetwas eifrig nachzudenken.

Auf dem letzten Buckelstreifen kratzte der Sepp den Mist vom halb-leeren Fuder. Nach jedem Haufen fuhr er ein Stück weiter und kam immer näher an den Rand des Holzes. Kaum mehr zehn Schritte war das Fuhrwerk von der Liesl entfernt, als der Sepp das Seitenbrett auf den leeren Wagen warf und sich draufhockte.

»Sepp!« schrie ihn die Lies' an: »Sepp?« Halb in der Reiben (Kurve) hielt der junge Amrainer die Rösser an und schaute unverwandt auf die Dirn, die aufgestanden war und hinter dem Gebüsch auftauchte.

»Wos is's denn?« fragte er mürrisch.

»I moan do brauchst koan Mist nimmer herfahrn… Dös glangt scho,« sagte die Liesl, »is Sach gmua jetz!«

Der Sepp schaute prüfend über den Wiesenbuckel und überlegte kurz.

»No! Wenn überoi (überall) a so dick dungt werd, wia soin (sollen) ma denn auskemma mit ünsern Mist?« rief die Dirn abermals und deutete auf den Streifen: »Dös wos jetz do liegt, muaß doch g'langa!« Nicht Gick und nicht Gack machte der Sepp und besann sich noch immer.

»Dö laar (leere) Bierflaschn kunntst aa mitnehma! Hot ja a Hitz wia an Summa!« meinte die Liesl, bückte sich auf ihren Brotzeitplatz nieder, wickelte die Flasche in die Joppe und lugte dabei durchs Ge-sträuch. Der Sepp – sah sie – hatte sich endlich vom Wagen herabgebrutschen lassen und kam auf sie zu. Hastig setzte sie sich wieder hin und kaute unverfänglich weiter. Die Sträucher knackten und zerteilten sich. Die Dirn hob arglos das Gesicht.

»Do,« sagte sie auf die zusammengerollte Joppe deutend: »Geh, nimm's mit, nacha brauch i mi net schleppen damit…« Der Sepp beugte sich nieder und nahm die Joppe.

»Wiavui (Wieviel) werdn's denn no' Fuada (Fuder) Mischt?« erkundigte sie sich nebenher.

»So viera, fünfe,« antwortete der Sepp ebenso.

»Dö g'langa nacha grod no' für dö hinter Broatn (Breite),« sagte sie. »I geh jetz aa boi (auch bald) hoam, 's Gsott braucht aa no' schneidn…«

»So! Dös aa not« grantelte der Sepp und beschwerte sich über den Knecht. »A der letztn Zeit loßt er aa hübsch noch a der Arbat.«

»Ja no, er is ja no' a junga Kampi (Kamm)… Es tuat eahm hoit (ihm halt) a bißl weh jetz!« entschuldigte die Dirn den Hansl. Breitbeinig hockte sie da, ihren Rock hatte sie hochgeschürzt, ihre sehnigen Waden waren sichtbar, und die Knie spannten den roten Unterrock auseinander. Sie richtete sich auf, und als sie jetzt ganz nahe beim Sepp stand, lächelte sie sonderbar freundlich.

»I hob ghärt, Du heiratst jetzt, Sepp?« sagte sie unvermittelt und ließ ihren Partner nicht aus den Augen: »I här' oiwai sowos läutn vo der Bolwanga-Marie?« Ein wenig spitzig klang es.

»I…?« gab der Sepp diesmal seltsamerweise an und rührte sich nicht vom Fleck: »Mir is nix bekannt.« Dieses Draufeingehen machte die Liesl kecker.

»So, Du woaßt gor nix?« fragte sie. »Hm, und red't ma scho' a der ganzn Pfarrei davo?« Ihre Augen sprangen gradzu auf ihn. Sie spürte das warme Schnaufen vom Sepp und reckte sich leicht. Dabei streifte sie mit ihrer linken Brustseite seinen Oberkörper und tat so, als schaue sie über seine Schultern hinweg, hinab über die hängende Lende. Langsam wurden ihre Backen wärmer. Es erschienen zwei rote Flecken drauf und ihre Brüste preßten sich fester an die Bluse. Sie spürte – wenngleich der Sepp bloß stur dastand – daß er sie fliegend musterte.

»Noja, dö Baurnstöchta san aa recht protzi,« sagte sie und schaute plötzlich dem glotzenden Bauern pfeilgrad in die Augen, so schnell, daß er nicht mehr ausweichen konnte. Sie merkte, er war erschrocken. Es überlief ihn rot im Gesicht.

»Jetz,« fing sie an und stockte, »jetz – i – wenn koa notige Dirn waar, Sepp Mir waarst d' Sach gmua ...«

»Du?«

»Ja,« gab sie an und schluckte. Er sah stumpf auf sie herab. Ein leichtes Zittern spürte sie. Sie hörte noch, wie der Sepp einen halb erstickten Laut ausstieß, sie sah in sein Gesicht. Es war wie wutverzerrt. Sie wollte sich zurückbiegen – in diesem Augenblick aber fiel der Bauer dunkel wie ein ungeschlachter Bär über ihren Körper her. Eisern bogen sich seine langen Arme um ihren Leib, klemmten ihn ein wie ein Schraubstock und beide brachen um. Stumm, nur schnaubend, mit fest zugezwickten Augen wühlte der Sepp auf ihr herum.

Sie keuchte und schloß ihre Arme um sein Genick: »Se-seppei! Sepp! Mei Sepp!« Ein wildes Prickeln lief über ihre Haut. Ihr gespannter Körper lockerte sich und brach auseinander.

»Se-sepp! Seppei!« hauchte sie. Ein Triumph durchschoß sie. Alles an ihr schien zu brennen. Fester, immer fester umkrampfte sie den Sepp und leckte seine heiße, bärtige Backe ab: »Seppei! Sepp-Sepp! Mei Sepp!« Er aber gab keinen Laut von sich. Seine derben, raubtierhaften Griffe rissen und zerrten an ihr. Er schnaubte, keuchte, ächzte, Schaum kam auf seine Lippen und immer war sein Gesicht noch wie ekelergriffen. Er umspannte sie, daß sie zu ersticken drohte und fletschte mit den Zähnen.

»Sepp! Seppei!« schnaubte ihm die Liesl glühheiß in die Ohren und kraute in seinen Haaren: »Se-seppei!« Wie durch einen Nebel sah sie seine aufeinandergepreßten Augenlider ...

Vorne auf dem Wiesenbuckel quietschte der Wagen. Die Rösser stampften ungeduldig aufwiehernd und mit einem jähen Satz schwang sich der Sepp in die Höhe, stürzte durch das Sträucherwerk – weg war er. Die Liesl sah, wie er im Trab über die hängende Lende hinunterfuhr und auf die Straße kam. Hin- und herzottelnd hockte er auf dem Wagen. Er schaute nicht um. Er schien ganz in sich verkrochen. Erst nach einer guten Weile fuhr er langsamer dahin.

Die Dirn atmete tief auf. Sie lächelte schief vor sich hin. »A-aahch!« machte sie und strich ihr zerwühltes Haar aus dem Gesicht. Ihre Brüste gingen noch immer bewegt. Sie band ihr herabgeglittenes Kopftuch neu. Ihr Atem beruhigte sich nach und nach. Sie ordnete ihre aufgegangene Bluse und zog den dicken Unterrock über die nackten Schenkel. Da saß sie, mit hochgezogenen Knien, war froh, nachdenklich und zufrieden. Allmählich bekamen ihre glasigen Augen einen funkelnden, listigen Glanz. Sie lugte abermals durch das Gezweig, und als sie den Sepp ins Dorf einfahren sah, schwang sie sich wie neubelebt vom Boden auf. Steil blieb sie stehen und reckte sich kraftvoll.

»So! So Sepp! Mei' ghärst (mir gehörst du)!« stieß sie auf einmal von einer jähen Freude überwältigt durch die Lippen. Sie ging auf die Wiese und fing wieder das Mistbreiten an. Immer wieder glitt ein kurzes, schadenfrohes Lächeln über ihr hitziges Gesicht. Alles in ihr hüpfte und jubelte...

Sie wunderte sich nicht im mindesten, als sie erspähte, daß der Sepp mit dem nächsten Fuder Mist auf die weit weg liegende hintere Breite fuhr. Ihre Miene wäre freilich im Nu anders, ganz anders geworden, wenn sie dem Sepp sein Gesicht gesehen hätte. Das nämlich war hämisch munter und nicht, wie sie vielleicht annahm, bedrückt oder verwirrt. Im Gegenteil: Keck und hinterhältig siegesgewiß.

Wirklich drollig war es mit den zweien. Einer glaubte vom andern, er habe ihn mit ausgefeimtem Geschick in die Falle gelockt und war schier selig darüber.

Als die Liesl beim Hereinbruch des ersten Dämmers heimkam, begegnete sie dem jungen Amrainer unbefangen, als sei nie etwas zwischen ihnen gewesen. Auffallend lustig war sie bei der Stallarbeit. Dem Hansl tat das wohl.

Der Sepp beschäftigte sich an diesem Feierabend besonders ausgiebig mit dem Gesetzbuch. Er notierte sich sogar etliche Stellen draus auf einen Bogen Papier, faltete ihn sorgsam zusammen und steckte ihn in die Westentasche. Er blätterte eifrig, las und las immer wieder: »Ein uneheliches Kind kann auf Antrag des Vaters durch eine Verfügung der Staatsgewalt für ehelich erklärt werden.« Und weiter hinten stand ein Satz, den er sich noch mehr einprägte: »Durch die Ehelichkeitserklärung erlangt das Kind die rechtliche Stellung eines ehelichen Kindes.«

Sein Gesicht bekam dabei einen Ausdruck ungefähr wie: »Das wär' wieder gedeichselt.«

X.

„Zon (zum) Herr Pfarra sollst einigeh' morgn noch'n Hochamt,« sagte die »Amrainerin am Samstag, als sie die Stiege herunterputzte.

»I...?« wunderte sich der Sepp finster.

»Ja! Du!« gab die Alte Antwort ohne sich vom Putzen hochzurichten.

»Soso,« murmelte der Sepp. Er besann sich zwei, drei Augenblicke lang und ging in den Stall hinüber. Da standen, unbewegt und schläfrig vor sich hinglotzend, die elf Kühe in einer Reihe, an der Wand, im dicken Strohnest schlief das Kalb, im Saustall rührte sich nichts, die Hühnersteige drüben war leer, durch die offene Tür hinten sah man auf den besonnten Misthaufen, draufrum kratzten und gackerten die Hennen. Die zwei Rösser im Stand wandten den Kopf ein wenig. Der sehnige Rapp spitzte seine Ohren und der rundliche Grauschimmel bog seinen Hals über die Planke. Er schnaubte prustend und furzte gottesmächtig.

Es war kurz nach der Nachmittagsbrotzeit. Der Hansl war mit dem Radl nach Trosting hinübergefahren, um sich einen wehen Zahn herausreißen zu lassen. Amrainerin und Dirn putzten die Böden im Haus. Der Sepp wollte in der Remise die Wagenräder schmieren, aber als er jetzt durch die offene Stalltür über den Misthaufen weg zum Leerbacher hinunterschaute, bemerkte er vor der nachbarlichen Stalltüre den Unterbräu-Wirt und den Leerbacher-Toni, die laut und heftig miteinander handelten. Immer wieder schüttelte der Wirt seinen dicken kurzhalsigen Kopf und machte eine abwehrende Bewegung mit den Armen, immer wieder redete der Toni hartnäckig auf ihn ein und versuchte ihn zurück in den Stall zu ziehen.

»Aus is's! Gor (fertig) is's, sog i! Meinen Preis woaßt D'! Dös is mei letzt's Wort...! Schlog ei oder loß's bleibn, Toni!« hörte der Sepp die fette Stimme vom Unterbräuwirt und: »Na! Na, sog i! Na, zeha (zehn) Mark muaßt d' no' auflegn! Zeha...! Acht...! No, sechse!« rief der junge Leerbacher und streckte schon die Hand zum Einschlagen hin:

»Sechse ...!! Fünfi! Daß a Ruah is! Fünfi!« Er faßte den unnachgiebigen Wirt am Arm. Der aber gab nicht nach, machte sich los, schüttelte wiederum seinen Kopf und ging stracks auf sein Gäuwagerl zu. Noch einmal machte sich der Toni an ihn heran, redete und zerrte an ihm. Die zwei kamen noch einmal ins verbissenste Streiten

»Daß a Ruah is, viere! Vier Mark tuast drauf!« schrie der Toni bedrängt. »Viere! Dös is doch beim Teifi nei it zo (zu) dei'm Verderbn! Herrgott ...«

Unerbittlich verneinte der Wirt. Er schwang sich bereits auf das schaukelnde Wagerl und nahm die Zügel in die Hand. Sein Fuchs zog schon an.

»Zwoa! Zwoa Mark, zwoa, Barthl!« schrie der Toni: »I treib Dir's dafür heunt no' umi! Glei, auf der Stell' wennst wuist!« Wieder streckte er die Hand zum Einschlagen aus. Vergeblich. Steinhart blieb der Wirt.

»No, in Gottsnam! Hobn soist mei Kuah um Dein' Preis! Schlog ei fetz!« ergab sich der Toni im letzten Moment: »Aba 's Geld muaß i glei kriagn!« Der Unterbräuwirt Bartholomäus Haslacher von Weimberting schaute kurz und schelch auf ihn herab, keine Miene verzog er, hielt seinen Fuchsen an, stieg herab vom Wagerl, zog seine Brieftasche heraus und zählte dem Toni die Banknoten auf die Hand.

»I loß's nacha an Maada (Montag) hoin (holen)!« warf er hin, als er wieder auf dem Wagerl saß und fuhr scharf weg. Der Toni nickte und schaute ihm nicht nach. Er zählte bloß sein Geld. Im Laufe von kaum sechs Wochen war's die vierte Kuh, die er verkaufen mußte. Hypothekenzinsen, Steuern und Schulden trieben ihn dazu. Die Schwierigkeiten waren immer ärger geworden in der letzten Zeit. Seine besseren Grundstücke hatte er beliehen und mit diesem Geld ein Schuldenloch zugemacht, ein anderes wieder aufgerissen. Unfrieden, Unordnung im Haus, im Stall und auf den Feldern und sein ewiges Saufen, sein leichtsinniges Draufloswirtschaften – da mußte der Bestand vom Leerbacherhof zerbröckeln.

Der Toni zog seinen Zugbeutl aus der Hosentasche, stopfte das Geld hinein und – als er jetzt aufschaute, stand der Amrainer-Sepp im Rahmen der Stalltüre.

»Ho-ha! Sepp!« rief der Toni wie ertappt, faßte sich alsdann aber gleich wieder und kam daher.

»Machst D' scho Feiramd (Feierabend) heint?« sagte er, als er vor dem Nachbarn stand und verzog sein Schnurrbartgesicht. Großsprecherisch und nebenher meinte er: »Mei Liaba, der Barthl, dös is a so a Schund-niggl (Geizkragen)! Aba i hob'n ja doch drokriagt! (angeschmiert). I hob eahm (ihm) mei gescheckerte Kuah o'ghängt… Dö nimmt nimma auf (wird nicht mehr tragend)… I mächt's jetz überhaaps mit ara (einer) richtign Milli-Raß (Milch-Rasse) probiern… Dö Küah, dö wo i hob, taugn oisamm (alle miteinander) nix!« Der Sepp wußte gut, daß er log, tat aber, als spanne er's nicht.

»Soso,« brummte er bloß, und der Toni, fing von was anderem an. Ganz nah trat er an seinen Nachbarn heran und flüsterte vertraulich: »Sepp, woaßt wos! Recht grob tat i sei zu meina Muatta …«

»Grob? Wia dös?« ging der Sepp auf ihn ein und lugte hastig rund-um, ob niemand zusehe.

»No, i moan hoit,« erwiderte der Toni zögernd und blinzelte viel-sagend: »I moan, nacha wererd's (würde es) boi (bald) gor (aus) sei mit ihra …« Schon wieder dieses Sterben. Der Sepp bekam sofort eine undurchsichtige Miene und maß den Toni verächtlich: »Gor mit ihra? Du g'foist (gefällst) mir! Du moanst glei gar, i bin so dappi (dumm) und treib mei Muatta an Tod… Pfui Teifi!« Der Toni erschrak fast. Verblüfft starrte er den Sepp an.

»No,« fand er endlich das Wort wieder: »No, vo dem is doch koa Red! Aba i hob hoit gmoant – bevor d'Kirch an Hof kriagt?« Er machte eine fast bitthaft einschmeichelnde Miene, doch der Sepp blieb unzugänglich.

»Kümmer' Di nu it gor so um mi,« wies er ihn grob ab: »I brauch koan zum Einsogn! I woaß scho selba, wos i z'toa (zu tun) hob …«

Der Toni wurde noch kleinlauter und kannte sich garnicht mehr aus. Hin und her drückte er und meinte schließlich: »Ja no! Mir is's do gleich, wos d' machst! I red' Dir doch nix ei', Sepp!« Er drehte sich um und tappte über die Straße.

Der Sepp ging in die Wagenremise hinein. Er roch schon lang, wo-hinaus der Toni wollte. Sein Mißtrauen gegen jeden Menschen hatte ihn wieder einmal nicht irregehn lassen. Er dankte seinem Herrgott, daß er sich dazumal, als er mit dem Toni in der Nacht zusammenkam, nicht weiter auf das Geschmarr und Freundlichsein eingelassen hatte.

Am darauffolgenden Sonntag, nach dem Hochamt, ging ein ge-schäftiges Wispern zwischen den Gruppen hin und her, die auf dem Platz vor der Kirche standen. Grad notwendig hatten es die Leute, kreuzwichtig. Als man dann gleich gar den Amrainer-Sepp mit eingezogenem Kopf in das, rechter Hand neben der Gottesackermauer gelegene Pfarrhaus gehen sah, schwirrten die seltsamsten Mutmaßungen hin und her.

»Er nimmt'n ins Gebet, weil er oiwai (allweil) a so grob is mit seiner oitn Muatta,« wußte die Lochbichlerin zu berichten und fing zu schimpfen an: »A Schand' und a Spott is's, wos er für a Hammi (Hammel) wordn is, da Sepp!« Die Amrainer sagte sie, habe ihr's schon oft geklagt.

»Jaja,« bestätigte die faßdicke Bürgermeister-Moserin: »Ganz aus is's, wia s' in oan Trumm (in einem fort) streitn, dö zwoa, der Sepp und dö oit Amrainerin… I hob sogor scho sowos g'härt, ois wia wenn's ihrern Hof der Kirch' vererben mächt', weil er a so a Lakl is, der Sepp!« Mitleidige Gesichter bekamen die herumstehenden Weiber und Bauerntöchter, und ab und zu flog ein versteckter, fast vorwurfsvoller Blick auf die Bolwanger-Marie.

Auf der anderen Seite des Platzes standen die Männer beieinander. Auch sie beschäftigten sich mit der Amrainer-Angelegenheit.

»Holla, holla!« tat der Jani von Pfreimding wie eingeweiht in alles: »Holla, jetz, moan i, werd's glei gor ernst mit der Heiraterei von' Sepp! Jetz geht er scho zon Herr Pfarra.«

Der Lorinser und der alte Leerbacher standen neben ihm und blinzelten auf den kleinen, birnenköpfigen Bolwanger, der in einem fort in der Nase schnäufelte und seine immer tränenden, kleinen Äuglein zuzwickte. Sein zerdrücktes Faltengesicht sah aus, als lache oder weine er. Es war nicht zu unterscheiden. Tatterig nickte sein Kopf, mit der einen Hand spielte er unablässig an der dicken, mit vielen Kronentalern und Hirschgewichtln behangenen Uhrkette, mit der anderen stützte er sich auf seinen Weichselstecken. Er trug uraltes Bauerngewand: Einen dunklen, kurzen Janker, die dazugehörige schwarzsamtene Weste mit den flachen Silberknöpfen, und die langen, unten trompetenförmig auseinandergehenden Hosen. Ein flacher, verschossener, schwarzer Velourhut saß auf seinem Kopf.

»Jajaja… i här enk (euch) scho geh!« papperte er mit seiner weiberhellen Stimme, und sein zahnloser Mund ging auf und zu: Jajaja, der hochwürdn Herr Pfarra werd's scho recht macha mitn Sepp… A so a Goidfischl (Goldfisch) geht it so leicht a's Netz…«

»Noja, wenn oi z'sammhelfa, werd's in Gottsnam' scho werdn,« warf der Jani hin.

Der Pfarrer trat aus der Sakristei und ging auf sein gemütliches Haus zu. Allmählich zerstreuten sich die Leute. Die Bauern gingen auf eine Halbe zum Unterbräu hinein, die Weiber traten den Heimweg an.

Der Pfarrer Mayr von Weimberting ging schon gut in die sechzig. Das Haar um seine Tonsur war gleichmäßig silbergrau, im runden Gesicht steckten zwei freundliche, geweckte braune Augen. An die dreißig Jahre war der Geistliche schon auf der Pfarrei, hatte ein behäbiges Bäuchlein bekommen, kannte die Verhältnisse bei den Leuten rundum, und wußte jedermann zu nehmen. Beliebt war er und sein Wort galt was. Er ließ sich zu keinem hinauf und zu keinem herab.

»A so, a so,« sagte er, als er mit dem Amrainer-Sepp im behaglichen Arbeitszimmer stand: »A so... tja also Lederer, tja, also Ihre Frau Mutter sagt mir ja garnichts Schönes...« Er musterte den benommenen Sepp offen und machte keine Umschweife: »Grob und ungut, sagt's, die Amrainerin –« er nahm seine Rockschöße auseinander und setzte sich auf den Stuhl vor dem Schreibtisch, sah weg und wieder hin zum Sepp: »Das ganze Jahr in einer Feindschaft Lederer-Joseph, das bringt kein Glück!« Absichtlich – das merkte man unschwer – befleißigte er sich eines formellen Tones.

Der Sepp gab keine Antwort. Eine kleine Pause verrann.

»Der Hof ist doch wunderschön? Ihre alte Frau Mutter hat ihrer Lebtag ihre religiöse Schuldigkeit getan, hat Kummer und Verdruß gehabt, und möcht' in ihren alten Tagen doch noch ein bißl ausrasten... Sie hat's verdient, mein' ich, Lederer!« sagte der Geistliche wiederum. Es klang nicht geschimpft, aber bestimmt. Weil der Sepp einfach wie stumm tat und ewig mit den Blicken auswich, wurde es allmählich unbehaglich zwischen den zweien.

»Lederer!« hob der Pfarrer sein Gesicht um einen Grad ungeduldiger: »Wie ist es denn eigentlich mit einer Verehelichung?« Er wartete und endlich schüttelte der Sepp den Kopf: »Hochwürdn, i mog koa Weibert's unglückli macha... I taug' it dafür.«

»Unglücklich? Warum denn?« setzte ihm der Geistliche menschlicher zu: »Ihr seid's doch kein unrecht's Mannsbild, soviel ich hör'.« Er verfiel in eine sachte Feierlichkeit: »Mit der Hilf' und dem Beistand von unserem Herrn und Jesus und mit dem guten Willen geht alles ...«

»Aba i bin it würdi dazua, Hochwürdn,« brummte der Sepp: »Drum bleib' i lieba ledi'.«

»Würdig?« lebte der Geistliche auf: »Ah', Ihr habt gefehlt, Lederer, aber das ist vorbei ... Unser Herrgott hat noch jedem reumütigen Sünder verziehen ...«

»Und übahaaps, Hochwürdn,« sagte der Sepp mittenhinein mit einer seltsamen Bockigkeit: »Dös is aa it grod wohr, daß i grob zu meina Muatta bin ... Sie is aa no nia guat zu mir gwen ...« Das kam unerwartet. Trotzdem – der Pfarrer hatte schon den richtigen Gegenhieb.

»No, ich mein' halt, wie man in den Wald hineinschreit, so kommt's raus,« sagte er schärfer: »Es ist ein Unterschied, ob ein Mensch alt und ausgerackert ist oder jung und gesund!« – Hunger hatte er. Im Speisezimmer nebenan deckte die alte Köchin den Tisch, das leise Tellergeklapper drang durch die Tür. Er erhob sich und ging, ohne auf den Sepp zu schauen, ein paar Mal auf und ab, blieb auf einmal vor demselben stehen und schaute ihm abermals fest und forschend in die Augen: »Lederer?! Ihre Frau Mutter und die Bolwangers sind dagewesen ... Die Marie ist eine fromme, grundgute, fleißige Person und beim Bolwanger, das sind ordentliche Leut' ... Da kann's doch nicht fehlen, in Gottesnamen!«

Leer sah ihn der Sepp an, ganz und gar unergründbar.

»Na, Hochwürdn, dös gaab nix Guats,« sagte er wiederum halblaut und war rot. Dem Pfarrer Mayr wurde es denn doch zu dumm.

»Auf jeden Fall Lederer ... Ihre Frau Mutter kann nimmer so weiterfretten,« sagte er streng: »Unglück soll sowas geben?« Er bohrte seine Augen in die vom Sepp: »Ja warum denn nachher? Das versteh' ich nimmer ...! Geweint hat die Amrainerin zum Erbarmen – Wenn's absolut nicht anders werden will, sie will den Hof der Kirch' hinterlassen, hat's gesagt! Ich hab' ihr zugeredet ... und jetzt? Jetzt seh' ich's selber ... Was ist denn das, bei unserm Herrgott, daß man mit Ihnen nicht reden kann, Lederer? Druckt enk was? Nachher beichten S' ... Unser Herr und Jesus verzeiht jedem!« Dies aber klang wirklich schon geschimpft. Hochrot war das Gesicht des Geistlichen.

»I mächt' mir dö Gschicht erst no überlegn, Hochwürdn,« sagte der Sepp. Und wieder, in seinen Bart brummend, schloß er: »Sie hot mi nia net ming (mögen), mei Muatta ... Mein' Bruada Xaverl, der wo gfoin (gefallen) is, den hot's rein aufgefressen, aba i wia hoamkemma (heimgekommen) bin vom Kriag, dös hot ihra gor it gfoin ... Sie hätt's gern gsehng, daß i blieb'n waar (geblieben wäre) ...«

Voller Unlust hörte sich's der Pfarrer an. Gewiß, er ordnete gern Streitangelegenheiten unter seinen Pfarrangehörigen, aber wenn ihn einmal der hungrige Appetit anfiel, verlor er alles Interesse an anderen Dingen. Heute, wußte er, gab es einen saftigen Rindsbraten mit Maccaroni. Das Wasser stand ihm schon im Mund.

»Noja, also überlegen Sie's Lederer!« sagte er ohne auf die vorhergegangenen Klagen vom Sepp einzugehen: »Überlegen Sie sich's! Er tappte hin und her. Und eine wunderbare Lebernockerlsuppe gab es vor dem Braten. Der geistliche Herr hielt es kaum mehr aus vor Heißhunger. Seine trippelnden Schritte wurden immer geschwinder.

»Überlegen Sie sich's Lederer!« wiederholte er abermals und drängte den Sepp unauffällig zur Türe. Die Klinke erfassend sagte er viel menschlicher: »Ich hab' mir's ja gleich gesagt – sowas bespricht man richtig, nachher schaut gleich alles anders her... Glauben S' nicht, Lederer, daß ich den Hof absolut für die Kirch' will! Mir ist's viel lieber, ich erlebe noch, daß Sie ein glücklicher Eh'mann und Bauer werden... Also Grüß Gott jetzt! Überlegen Sie sich's nochmals... Das andere gibt sich! Das gibt sich, da ist mir nicht angst drum!« Er schob den steifen Sepp schier durch die geöffnete Tür – schloß, schnaubte kurz auf – machte einen Satz auf die Speisezimmertür zu. Er kochte, er brodelte inwendig. Flugs saß er am gedeckten Tisch und band sich die Serviette um den dicken Hals.

»M-mhm! Mh-mhm!« machte er selig und schnupperte den würzigen Duft der Suppe ein. »Also – und auf sowas muß man solang warten, Fräulein Agath' M-hm-mm, dieses wunderbare Grücherl, was die Suppn heut' wieder hat!« Er nahm den Löffel in die gierzitternde, fleischige Hand und zerteilte ein Nockerl. Er sah das hutzlige Fräulein Agath', das selig und zufrieden lächelte, nicht. Alles an ihm wurde ein fast lüsterner, fettiger Glanz – seine Backen, seine Lippen, seine Augen. Für ihn war wirklich – wie man sagt – alles andere gestorben...

XI.

Gelogen war es nicht, was der Sepp dem Pfarrer zuletzt gesagt hatte. Nie, die ganze Zeit nicht, war die Feindseligkeit der alten Amrainerin lockrer geworden. Unnachgiebig blieb sie, wenngleich der Sepp aus Angst, seine Mutter könnte ihm zu früh wegsterben, in den letzten Wochen manchmal ein besseres Wort fand. »Bleib nu hocka und kümmert D' it sovui!« oder: »Plog Di' doch it oiwai so! Dös loß nu mei Sach sei!« sagte er. Freilich in seiner stockigen Art, aber immerhin: Hätte die Amrainerin gescheit hingehört, sie mußt's doch erkennen, daß es gut gemeint war!

Jetzt im Heimgehen dachte der Sepp zum ersten Mal über alles eindringlich nach. Er erinnerte sich zurück bis in seine Bubenzeit. In der Schule schon gab es ein ewiges Gespött um ihn und später erst recht. Er war ein verscheuchter, langsamer, linkischer Kerl, ja! Sauber konnte man ihn auch nicht nennen. Hochaufgeschossen und spindeldürr war er, und noch dazu glotzaugert. Er nahm nicht ein für sich, und weil man's ihn so merken ließ, verschloß er sich immer mehr. Er kannte keine Lustigkeit, kannte bloß Rackern und Fürsichsein. Der Xaverl selig war allbeliebt, war der Amrainerin ihr Augapfel. Nachdem der Vater gestorben war, fing für den Sepp die schlechteste Zeit an. Mutter und Bruder hätten's am liebsten gesehen, wenn er sich Hals über Kopf mit irgendeiner verheiratet hätte. Er stand ihnen – weiß Gott warum – ständig im Weg. Sie wollten ihn draußen haben, nur weg! Sowas vergißt einer nicht leicht. Die Bitterkeiten und Härten der Jugend schatten über das ganze Leben.

Wieder wie ehedem, als er in selbiger Nacht den Entschluß faßte, den Knecht zum Brandlegen anzustiften, wieder wie damals stand der Sepp auf der Besenberger Höhe und schaute hinab auf den Amrainerhof. Bloß war's diesmal ein offener, leicht verwindeter Apriltag. Alles fiel dem Sepp ein: Der geglückte Brand, der Aufbau, die Verhandlung und Verurteilung, die zweijährige Zuchthauszeit, das Heimkommen und – und? Ja und…

»So, bist D' jetz do!« empfing ihn seine Mutter dazumal: »Hm! Do host D' ja wos Schöns o'troffa (angerichtet)! Hm, der Verdruß und dö Schand jetz.« Nichts in ihrem eigensinnig harten Gesicht war gut. »I hob jetz gmua mit dera Wirtschaft! Dös oanzige wos D' macha konnst, is, daß D' boi heiratst!« schloß sie brummig. So fing es an und so ging's weiter. Das Gift der Alten kochte gleich wieder, als der Sepp nicht heiraten wollte. Einmal gerieten sie aneinander, da funkelten die Augen der Bäuerin besonders höllisch.

»Bloß deswegn host o'brennt, weil Dir da Hof it guat gmua gwen is, Saulump, schlechta!« knurrte sie: »Und jetz geht Dir scheint's schon wieda a so a Lumperei an Kopf um!« Und voller verhaltener Verzweiflung hatte sie dazugesetzt: »Aba dös sog i Dir, treib's it gor z'weit, gell!« Käsweiß war sie und zitterte am ganzen Körper.

Der Sepp holte einen tiefen Schnaufer aus sich heraus und ging weiter. Gespannt und niedergedrückt schritt er dahin.

»Herrgott, jaja!« löste es sich leichter in ihm, als ihm seine letzten Worte mit dem Pfarrer ins Hirn kamen: »Ja, heiraten!« Er konnte sich eigentlich gar keine rechte Vorstellung davon machen, aber wenn's das bloß gewesen wäre!

Auf einmal wurde wieder alles nachtschwarz und unselig in seinem Nachdenken. Er biß die Zähne aufeinander, daß sie krachten. »Heiraten und der Eh'frau alles überschreiben,« hatte der Justizrat Rosenzweig gemeint, tja, hm – und wie war denn das jetzt mit der Dirn auf der Pfreimdinger Lende?

Der Sepp hob seinen heißen Kopf wie aus einem bedrängenden Morastloch, in das er abgesackt war. Er kannte sich nicht mehr aus.

»Brandversicherung – Liesl – Liesl – Brandversicherung!« das trieb fort und fort' durch ihn wie ein dunkler, qualliger Schatten. Schier angst wurde ihm.

Nein, die Liesl hatte ihn nicht verraten. Schweigsam wie ein Grab war sie. Keiner im Dorf und im Haus spannte was. Bloß wenn der Sepp zufällig mit ihr allein war, fing sie vertraulich und zudringlich zu lächeln an:

»Seppei!« hauchte sie hitzig: »Seppei, geh weita, kimm hoit amoi (halt einmal) auf d'Nocht... Es spannt's ja koana... i loß d'Tür offa...« Sie schlief über ihm, im Kammerl auf dem Juchhe (unter dem Giebel) und wartete jede Nacht. Einmal klopfte sie sogar ganz leise, aber der Sepp blieb liegen in seinem Bett. Das Blut stand ihm still.

Bloß eine Furcht hatte er: Es wird ihr doch nicht einfallen, einfach zu mir zu kommen, um Gotteswillen! Lang konnte er nicht einschlafen. Jeden Tag wurde es ihm ärger inwendig.

»Saumensch verreckts! Hur gräuslige!« zischte der Sepp halblaut vor sich hin. Er kam daheim an und war wie immer zugesperrt für jeden.

Am Nachmittag kam die Dirn im schönsten Sonntagsstaat kurz in die Kuchl und hatte ein recht aufgewecktes Gesicht.

»Gehst a d' Veschpa (Vesper-Andacht)?« fragte die alte Amrainerin und die Liesl nickte: »Ja, weil's gor so schö' Wetta is draußn ...«

Kaum aber war sie hinter der Besenberger Höhe verschwunden, da bog sie in die Reitelberger Straße ein und fing fast zu laufen an. Von Reitelberg ging sie über den Buchhof, und von da aus in den Buchmooser Vilz. Ganz aufgekratzt, mit rotgeschwitztem Gesicht, schloff sie beim Lergler-Wiggl zur Tür hinein, hockte sich hin und sagte voll Fidelität: »So, do bin i jetz! Jetz hob i Di' do amoi derwischt, Bazi elendiga! Jetz is 's aus mit Deina hintervotzign (hinterhältigen) Schmuserei bei der Bolwanger-Marie Jetz' scheißt Dir der Hund wos, daß D' ös woaßt!«

»Hoho! Hoho, nu langsam,« tat der Wiggl wie überfallen: »Wos red'tst denn jetz do für an Zeug daher? Wos geht denn mi d'Bolwanger-Marie o?!« Er machte ein mannhaftes Gesicht, eine ganz unverfängliche Miene, als habe er kein Wort verstanden. Die Dirn aber wurde sofort ausfallend gegen ihn.

»Geh!« fing sie zu spötteln an, »geh, jetz tua no it a so, scheinheiliga Tropf, scheinheiliga! Moanst gwiß, i bin ganz dappi ...! Nana, mei Liaba, do muaßt scho früahra (früher) aufsteh'! Mi stimmst it (betrügst nicht)!

»Geh, Herrgott, wos host D' denn eigntli?« murrte der Wiggl ungeduldig, stand von der Ofenbank auf, schaute ärgerlich auf sie herab und tappte hin und her.

»Weil's bei mir mit'n Sepp it glei wos wordn is, gell, jetz host D' hinterrucks mit der Bolwanger-Marie o'gfangt!« zählte es ihm die Liesl hin: »Gell, host gmoant, do springt ehnder (eher) a Schmusergeld raus, weil d' Marie a Bauernstochta is und i grod a so a notige Dirn!« Sie richtete ihren Oberkörper stramm auf, schwenkte ein paar Mal ihre Hand in der Luft: »Brauchst Di it außilüagn (herauslügen), Schwindla, misrabliga! I woaß ois's!« Und wiederum deutete sie mit dem Zeigefinger auf ihre Brust und sagte überheblich. »Aba jetz wer' i Amrainerin, daß D' ös woaßt! I – und koa andere! Und dös mit den ausgmachten Schmusergeld, dös konn i ma oiwai no überlegn…«

Das traf den Wiggl. Mit einem Ruck blieb er stehen und schaute der Dirn in die frechen Augen.

»Wos? Wos…? *Du?*« fragte er baff.

»Ja! I!« triumphierte die Liesl: »Jetz hot's gschnappt beim Sepp. Und auskemma tuat er mir nimma!«

»Gschnappt…? Hm…? *Du* host'n umabrocht?« zweifelte der Wiggl und musterte die Dirn nicht gerade mit respektvollen Blicken. »Ah! Dös machst an andern vor…! Mir net,« schloß er nach dieser Prüfung und war wieder sicher.

»Du brauchst ös ja it glaabn (glauben),« meinte die Liesl schnippisch und erzählte brühwarm den Vorfall zwischen ihr und dem Amrainer-Sepp auf der Pfreimdinger Lende. Der Wiggl bekam nach und nach ein geschlagenes Gesicht und knurrte: »Herrgott, Di' hot doch rein der Teifi g'rittn!

»Na, der it, aba da Sepp!« parierte die Liesl und kicherte hellauf: »Hahaha, gell do machst a anders Gsicht jetz…! Jetz is Dir a Strich durch d' Rechnung g'macht mit Deiner Bolwanger-Marie!« Schnell überrechnete der Wiggl alles.

»Ah!« machte er eine unwirsche Bewegung: »Ah! Loß mir doch amoi mit dera Marie a Ruah, sog i!« Und sachlicher fuhr er fort: »T-ha, dös is nu lang it gsogt, daß Dir jetz der Sepp aa sicha is… Erstens host D' koan Zeugn, daß D'n, wenn er Di' wirkli' it heiratn wui (will), vielleicht wega Notzucht einireit'n konnst und zwoatens…« er schaute zweideutig auf die Dirn – »hot's eppa (etwa) aa richtig gschnappt? Werd's eppa wos Kloan's (Kleines)?«

Die Liesl hatte genau hingehört. Ohne Scheu zeigte sie ihre gelben Mandelzähne und nickte: »Verloß' Di drauf… Es stimmt scho! Es stimmt radikal!« Auch sie zog das, was ihr der Wiggl inbezug auf Notzucht gesagt hatte, schnell mit ein in ihre Rechnung. Insgeheim war sie dem Schmuser für diesen Gedanken sogar dankbar. Daran hatte sie noch garnicht gedacht. Sie war jetzt erst recht gut gestimmt und lachte wiederum: »Hahaha! Du glaabst gwiß, wer mit mir wos z'toa (zu tun) hot, geht oiwai so frei aus wia Du! Bazi elendiga!«

Der Wiggl erinnerte sich an jene Nacht nach dem Reitlberger Veteranenball und verzog sein Maul freundlich und lüstern.

»Hm,« brümmelte er und bekam schmeichelhaft glänzende Augen: »Hm, Liesl, dös host gut gmacht… I gunn (gönne) Dir an Sepp!« Er wollte näher auf sie zu, aber sie wehrte grob ab: »Nanana! Nix do!« Und gleich bekam sie wieder strenge Furchen auf ihrer Stirn: »Jetz steckerst auf amoi (steckst Du auf einmal) um! Nana, nix do! Dös mit der Bolwanger-Marie mirk (merke) i mir! Daß D' so foisch (falsch) bist, dös hätt' i net glaabt!«

Der Wiggl wurde kleinlauter.

»Geh jetz! I woaß it!« fing er zu barmen an: »Herrgott, i bin doch aa a arma Teifi! I brauch doch mei Geld aa! I hob hoit (halt) gmoant, bei der Marie kimm i ehnder (eher) zu wos… Wenn i dös gwüßt hätt, daß ös Du z'sammbringst mit'n Sepp, do hätt' i doch ehnder no nochghoifa (nachgeholfen)…«

»Tja! *Du!* Du waarst grod der sell!« ließ sich die Liesl nicht umstimmen: »I bin Dir hoit z'minder gwen… I ois armselige Dirn! Gega dö geldiga Bolwanger-Maria!«

»Z'minder? Gor it aa!« bestritt der Wiggl, so treuherzig als er's bloß zusammenbrachte: »Gor it aa!« Und auf einmal verwandelte er sich in den freudigsten Menschen und lobte übertrieben: »Herrgott, dös haut ja (das ist fein), daß's jetz so is! Herrgott, dös is ja direkt wunderschö', daß jetz amoi a arms Leitl (Mensch) aa amoi zu wos kimmt!« Direkt eifrig wurde er.

»I schaug scho, daß enker Houzat (eure Hochzeit) recht boi is, Liesl! Paß auf, wia i jetz arbat! Dö oit Amrainerin hob i ja ganz auf meiner Seitn,« versprach er und ganz vorsichtig erinnerte er an das ausgemachte Schmusergeld.

»Schaug,« wurde er noch kleiner und beflissener: »Schaug, Liesl, schliaßli – i hob Di doch hi'brocht (hingebracht) aa zum Amrainer. Wenn i it gwen waar, hätt dös mit'n Sepp und Dir nia passiern kinna…«

Die Dirn drehte sich auf der Ofenbank herum und richtete ihren Oberkörper stramm auf.

»Soso! Hm! Do schaug! Do schaug!« brauste sie keck auf: »Wosd Du net sogst! Jetz auf amoi host ois's (alles) Du gmacht! Koan Stroach (Streich) host D' to (getan), Schmuser, elendiga, daß D' ös woaßt! An Gegnteil, hinterrucks host nu gega mi g'arbat (gearbeitet) aa…! Und jetz kaamst (kämst) wieda daher mit'n Schmusergeld…! A Gnad' und Barmherzigkeit is's, wenn i Dir überhaaps wos gib! Und i wer' mir's aa no überlegn… Vorschreibn loß i mir gor nix mehr!« Sie war ins hitzigste Schimpfen geraten, und der Wiggl hielt es für ratsam, sie nicht noch zorniger zu machen. Nach langem Hin- und Herreden erst brachte er die Liesl wieder so weit, daß sie ihr gemachtes Versprechen einzuhalten zugab.

»Schlog ei', Liesei!« hielt er ihr die Hand hin und tat ganz süßmäulig: »Schlog ei', auf Dei' Glück, Liesei!«

Die Dirn war aufgestanden und schaute ihm höhnisch in die Augen.

»Geh, Liesei! Mir kenna üns doch! Schlog ei!« bettelte der Wiggl noch einmal, und zögernd gab ihm die Dirn die Hand drauf: »I wui (will) ja aa it so sei…! I woaß ja aa, wos a arma Teifi is!« Das letzte klang überheblich, als sei sie schon stolze Amrainerin und lasse sich herab.

»Vui (viel) Glück, Liesei!« rief ihr der Lergler-Wiggl schier untertänig nach, als sie zur Tür hinausging. Hernach kratzte er sich in einem fort hinters Ohr und verfluchte die ganzen Weibsbilder. Diesmal war er samt seiner Findigkeit unterlegen.

XII.

So wohl aber, wie sie's dem Lergler-Wiggl vorgespielt hatte, war es der Liesl gar nicht in ihrer Haut. Totsicher war sie sich ihrer Sache keinesfalls. Schon deswegen nicht, weil der Sepp, den sie unentrinnbar in ihrem Netz zu haben glaubte, ihr gegenüber weit zurückhaltender als vorher war. Sie lauerte und lauerte vergeblich darauf, ihn allein zu erwischen. Ihre Listen halfen nichts. Er entschlüpfte ihr immer wieder wie ein rutschiger Fisch. Er wich ihr aus wie ein schleichender Fuchs. Es war das reinste Katz- und Mausspiel. Ja, noch viel was Auffälligeres zeigte sich: der Sepp war sackgrob und abweisend in der letzten Zeit, gradso als legte er's drauf an, einen Mordskrach herbeizuführen.

Außerdem brachte die Dirn bald heraus, daß die alte Amrainerin allen Ernstes im Sinn hatte, den Hof der Kirche zu vermachen, wenn ihr Sohn nicht endlich andere Saiten aufziehe. Und selbstredend unter diesen »anderen Saiten« verstand die Alte nichts andres, als eine alsbaldige Einheirat der Bolwanger-Marie. Es sah auch fast darnach aus, als ob der Sepp jetzt, nach der Unterredung mit dem Herrn Pfarrer, dem bockbeinigen Willen seiner Mutter unterlegen und – wahrscheinlich aus Angst, sein Ein und Alles, den Hof, zuguterletzt doch noch zu verlieren – zugänglicher geworden wäre.

Das alles verunruhigte die Liesl, und es läßt sich denken, daß sie insgeheim eine immer wildere Wut auf diesen dummen, verstockten Tropf bekam. Auf *ihn* noch eine grimmigere als auf ihre anderen ahnungslosen Widersacher: Die Amrainerin, den Pfarrer und die Bolwanger-Marie.

Mitte der Dreißig stand die Liesl jetzt, fest und gesund war sie noch, aber doch schon hübsch zusammengerackert. Schönes hatte sie in ihrem Leben nicht viel gehabt. Bei ihr daheim waren ihrer neun Kinder gewesen, die Mutter früh gestorben, der Vater als windiger Häuslmann und Rechenmacher versoff sich nach und nach, das Häusl kam auf die Gant, die Geschwister zerstreuten sich in alle Weltgegenden und eines kannte kaum noch das andere. Sie, die Liesl, kam mit sechzehn Jahren zu einem Bauern und war seitdem Dirn. Zuerst in ihrer Straubingerischen Gegend, alsdann um Erding herum, auch einmal auf einem Gut in Oberland, schließlich kam sie in das Rosenheimer Viertel und von da aus weiter einwärts ins linksinnische Flachland, endlich zum Heingeiger nach Freiselfing, zum Wegrainer nach Reitlberg und von da aus auf den Amrainerhof. Gute und schlechte Dienstplätze waren's gewesen. Geplagt hatte sich die Lies' schon unbändig für fremde Leute. Auch etliche hundert Mark zum Heiraten hatte sie sich erspart und die waren – in der Inflationszeit draufgegangen. Wieder stand die Dirn vor der versperrten, besseren Zukunft. Mannsbilder waren ihr auch allerhand über den Weg gelaufen, mindere und bessere, aber nie wollte einer davon vom Heiraten was wissen. Blieb also ewig, ihr Lebtag lang, das Schinden und Plagen, für die anderen, die fremden Leute, die ein Sach' hatten und die wußten wo sie hingehörten. Oder…?

Das Blut blieb ihr stehen, der Liesl. Dann wieder wurde ihr siedheiß.

Entweder alles aus und Amen, sagte sie sich, oder – Amrainer-Bäuerin werden und auch einmal was anderes sein als wie der Pudel für andere Leute.

Sie witterte richtig: Jetzt stand Trumpf gegen Trumpf im harten Spiel um ihr endliches Glück. Es kam bloß darauf an, wer den höheren hatte.

Die Liesl war keine zum Lang-Zuschauen.

Nach dem Rogate-Sonntag gingen die Weimbertinger wie üblich ihre Bittgänge in die Nachbarspfarreien. Eins von jedem Haus rundum war mindestens dabei. Die alte Amreinerin litt schon eine Zeit lang an ihren steifen Füßen und humpelte elendig im Haus herum.

»Meine Füaß ming (mögen) nimma,« sagte sie und schickte am ersten Tag die Liesl zum Bittgehen: »Der Hansl konn nacha morg geh und übermorg, auf Edling muaß der Sepp mitgeh…« Der Sepp, der sonst bei jedem Bittgang dabei war, blieb diesmal ohne Widerrede daheim. Insgeheim hoffte die Liesl, ihn bei dieser Gelegenheit alleinig zu erwischen. Wieder war es nichts. Kreuzfuchtig ging die Dirn nach Weimberting hinüber und schloß sich dem Bittzug an. Erst nach dem Mittagessen kam sie mit den anderen Besenbergern heim. Der Hansl trieb die Rösser um den Göpel, der Sepp legte Heu und Grummet in die Gsottmaschine droben in der Tenne, und die Amrainerin saß in der Kuchl am Sonnenfenster und stopfte dem Sepp seine zerrissenen Hosen.

»So, seid's jetz scho fürti (fertig),« empfing sie die Dirn, richtete sich mühselig auf und stellte die Topfennudeln und den Birntauch auf den eschernen Tisch.

»Ja, heunt is's schnell ganga,« berichtete die Liesl: »Heuer is's ja aa wunderschö Wetta und vorig's Johr hot's g'regnt, wos's kinna (können) hot.«

Sie ging hinauf in ihr Juchhe-Kammerl, legte ihr gutes Gewand ab und kam zum Nachessen herunter. Einsilbig war sie. Eine Weile kaute sie stumm an den Nudeln.

»Bäurin,« sagte sie endlich und wurde komischerweise rot dabei: »I glaab, es is besser, i sog Dir's glei i suach mir an andern Plotz...« Sie schluckte und schaute unverwandt auf die baffe Amrainerin.

»*Du?* Du wuist geh? Jetz, mitt'n an Johr?« konnte diese bloß stottern: »Ja, worum denn jetz? Hot si' doch koana verfeind't mit Dir?«

»Dös it, aba –« zögerte die Liesl fast traurig und überwand sich: »Aba wenn jetz naha ei'gheirat werd, do paß i vielleicht nimma her...«

Die alte Amrainerin konnte sich noch immer nicht fassen, ihre verwuzelten Hände lagen auf dem Schoß, die Brille hatte sie in die Stirn geschoben und sah unruhig forschend der Liesl in die Augen.

»Bei enk (euch) hob i ja gern g'arbat, aba wenn jetz a so a fremd's Leit 'reiheirat und oiahand so Sekt'n (allerhand Launen) hot...« tastete die Liesl behutsam weiter und fischte mit der Gabel etliche Birnen aus dem Tauch.

»Ah! Geh! Jetz dös!« fand sich endlich die Amrainerin wieder und setzte resolut dazu: »D'Bolwanga-Marie is koa unrechte Person! Mit dera konn a jed's auskemma!«

Sie schüttelte, weil die Dirn, ohne sie anzuschauen, ruhig weiter aß, ein paar Mal den Kopf und brummte wie für sich: »Hmhmhm, dös sehcher t (sähe) ja nett aus, wenn d'Deanstbotn davolaafertn (davonliefen), weil ei'gheirat werd...« Und wie von einem ganz anderen, finsteren Gedanken überfallen fragte sie: »Oder is eppa der Sepp wieder recht unleidig gwen zu Dir...?«

»Dös it, aba –« hob die Dirn ihr Gesicht und drückte schließlich heraus: »Aba koa (keine) Ruah loßt er mir nimma...« Schier weh und verhalten weinerlich klang das. Die faltige Stirn der Amrainerin furchte sich noch mehr und erstarrte. Kalkweiß wurde sie jäh.

»Wo-wos …? E-er is hinter Dir her, der Saukerl?« stammelte sie herausbrechend und bohrte ihre kalten Augen in die von der Liesl.

»Ja, i hob ja bloß nia nix sogn ming (mögen),« beichtete die Dirn jetzt bereits jammernd: »I hob doch koan Verdruß it schaffa ming, aba beim Mistbroatn (Mistbreiten) drobn a der Pfreimdinger Lendn – wia i Brotzeit gmacht hob – do is er hinter dö Staudn (Sträucher) kemma und hot mi einfach überfoin (überfallen). Einfach über'n Haufa g'worfa u-und jetz – jetz hob i's!« Sie senkte den Kopf und fing an, ihre Augen zu reiben: »Der-der Lakl, der … I bin eahm doch it Herr wordn (hab ihn nicht bezwingen können)…« Sie weinte täuschend: »U-und jetz hob i's …!«

»Is dös wohr …? Is's ganz g'wiß wohr?« hörte sie die alte Amrainerin hart fragen, und sie antwortete ohne aufzuschauen: »Ja! Ja, ganz gwiß! Auf Ehr' und Seligkeit!« Eine Weile wurde es stockstumm zwischen den zwei Weibern. Nur das Seufzen und Nasen-Schnäufeln von der Liesl erfüllte die Kuchl. Die Amrainerin hatte ihren Kopf auf einen Arm gestützt und schaute durch das Fenster.

»Hm!« machte sie ab und zu: »Hmhmhm! Also sowos! Hmhmhm!« sie kannte sich nicht mehr aus. Alle ihre Berechnungen waren auf einmal über den Haufen geschmisse Sie dachte, vielmehr sie wollte weiterdenken, und brachte es nicht fertig.

»U-und jetz! – Jetz hob i's!« wimmerte die Liesl wiederum in die Stille hinein.

»Ja Herrgott, is's denn scho' so weit? So weit?« fragte die Amrainerin und blickte schräg und ungut auf die flennende Dirn.

»Freili' …! Sunst hätt' i doch nix gsogt,« gab die zurück.

»Hm,« besann die Amrainerin sich abermals und sagte auf einmal ganz fest: »Jetz' is's aba ganz aus! Jetz verschreib i an Hof der Kirch' …«

Die Liesl tat ihre Hände vom verweinten Gesicht und starrte die Alte einen Augenblick an.

»Und i …? I nacha?« entschlüpfte ihr: »I …?«

»Du?«

»Ja, wos tua nach i jetz?« wiederholte die Dirn.

»Ja mei! Dös muaßt mit'n Sepp ausmacha,« sagte die Amrainerin feindlich.

Das schnitt der Dirn alle Einwände ab. Sie wischte sich mit dem Ärmel ihr Gesicht ab und ging ohne ein weiteres Wort an ihre Arbeit.

Sie kam in die Tenne hinauf und verriet dem Sepp nichts von alledem.

»Geh nu zua ... I wer' scho fürti (fertig),« drängte sie ihn von der Gsottmaschine weg und legte weiter ein. Er tappte davon. Die Liesl arbeitete wie neubelebt. Nach und nach bekam sie ein aufgeklärtes Gesicht und inwendig kicherte sie. Hin und wieder aber überflog sie doch ein leichter, ungewisser Verdruß. Dann biß sie ihre Zähne fest zusammen und schien zu allem entschlossen.

Drunten in der Kuchl gab es währenddem eine große Auseinandersetzung zwischen dem Sepp und der Amrainerin.

»Wos? Der Saufetzn!« wollte der Sepp am Anfang leugnen und war saugrob. Die Alte hingegen blieb ihm nichts schuldig. Bald war das Streiten laut und heftig, dann wieder dumpf und schier drohend.

»Saukerl!« stieß die Amrainerin ein ums andere Mal heraus: »Dreckschwanz, mistiga! Glei soit (sollte) ma Di' wieda a's Zuchthaus toa! Do bist an bessern aufghobn. Do g'hörst D' hi!«

Langsam wurde der Sepp immer stummer.

»Und wos host nacha jetz für a Lumperei an Sinn?« benzte die Amrainerin weiter: »Dös sog i Dir! D'Sach kriagt d'Kirch und Du konnst mit Dein' Schlamp'n macha, wos D' mogst!«

»Du mächtst mir an Hof o'treibn (abtreiben)? *Du?*« stieß der Sepp finster heraus und stand da wie zum Fürchten.

»Hoho! Hoho! Do schaug!« höhnte die Amrainerin uneingeschüchtert: »Do schaug! Seit wann mächtst'n denn? Do schaug! Auf amoi (auf einmal) tat Di' der Hof reu'n? Und zuvor host oiwai gsogt, Du pfeifst drauf, Du mogst'n it?«

»Von'n drauf pfeifa is koa Red' it,« entspannte sich der Sepp ein wenig und verriet sich endlich: »Aba wenn an i nimm', wos is's nacha? Nacha kimmt d'Brandversicherung und verlangt, daß i dös Geld, dös wo's hergebn hot seinerzeit, wieda zoi (zahle)...«

Das kam unerwartet. An sowas hatte die Amrainerin noch nie gedacht. Das verschlug ihr das Wort.

»Jetz woaßt es!« knurrte der Sepp, und weil er sah, daß er Oberwasser bekam, setzte er dazu: »Du host ja nia redn loßn mit Dir ... Bei Dir bin i oiwai (alleweil) der Gorneamd (Garniemand), der Bazi, der bockboani Tropf ...«

»Und Du? Host vielleicht Du amoi dergleicha to? Boi ma Di' o'gredt hot (angeredet hat) bist saugrob g'wen,« hielt ihm die Amrainerin entgegen. Sie hatten sich wirklich nichts vorzuwerfen, und weil sie das wahrscheinlich von einem Wort zum andern mehr einsahen, drum kamen sie sich auch zum ersten Mal in ihrem ganzen Leben näher.

»Herrgott, und an Sunnta (Sonntag) kemma ʼs Bolwangers,« sagte die Amrainerin. Sie schaute in ein Loch. Nichts mehr vom Pfarrer, vom Vermachen des Hofes an die Kirche, kein Haß und keine Wut war mehr in ihren Worten.

»Worum host Dʼ denn nacha do nia gredt drüber, Sepp?« fragte sie wieder nach einer Weile schier weich.

»Noja … ma woaß ja nia, wia sowos umanand kimmt,« redete sich der Sepp hinaus und fragte ohne Argwohn: »Host eppa Du ʼs Bolwangers eiʼglodn?«

»Ja …«

»So … hm,« machte der Sepp und kratzte sich an der Schläfe: »I mog koa Weibsbuid … und jetz isʼs mitʼn Heiratn scho glei gor nix …«

Das weckte die Amrainerin auf.

»Tja, aba wos wuist (willst du) denn mit ara notign Dirn? Do waar doch dʼMarie weitaus dös bessa …« warf sie ein.

»Dös loß nu meiʼ Sach sei,« schloß der Sepp bestimmter: »I heiratʼ dʼDirn it und dʼMarie it … I mog einfach it …« Er schaute auf seine Mutter und hatte ein gutes Gesicht: »I kriag an Hof und dʼVersicherung konn mir an Buckl auffisteign! Net sovui wos ʼs Schwarzʼ untern Nogl is, kriagts …«

Die Amrainerin schnaufte halb seufzend, aber ziemlich ergeben und sagte bloß noch: »Noja, in Gottsnamʼ nacha … I bin zʼoit dazua, daß i dös nu verstehʼ … Meinatwegn tuast, wos dʼmogst …«

»Und dʼLiesl? Dö werdʼ i glei katholisch macha, do paß auf! Dö braucht siʼ ja nix eiʼbuidn (einbilden), dös Saumensch … Für Ihrem Schrazn (Kind) muaß i ja doch aufkemma!« erklärte der Sepp tapfer, als habe er schon lange den richtigen Plan.

Er ging aus der Kuchl. Die Amrainerin fing zerstreut das Hosenstopfen an. Immer und immer wieder überhuschte ein Griesgram ihr Gesicht, immer wieder schüttelte sie den Kopf und machte ein traurig-mürrisches: »Hmhm Hmhm!« Es war, als sei alle Zähigkeit aus ihr herausgenommen. Ihr Kopf sank herab auf die Brust und die Augen wurden ihr wässerig. Sie rieb ihre schmalen Lippen aufeinander. Sie schluckte, ihre Hände zitterten und die Stopfnadel blieb halb im Hosenboden stecken. Nach Anspannung all ihres Willens einen solchen unerwarteten Niederbruch zu erleben, das war zuviel für ihren alten

Kopf und für ihr Herz. Eine dicke Träne ballte sich auf ihrem Augenrand, rollte halbwegs die spitze Nase entlang und fiel herab auf die Hose auf ihrem Knie. Sie mußte zugeben: Der Sepp war weitsichtiger als sie. Es fiel ihr lahm ein, daß er schon einmal schlauer gewesen war als sie: Damals, als er den alten, baufälligen Hof abbrennen ließ und – wenn auch! wenn auch! – es doch fertiggebracht hatte, daß die Versicherung ein neues, schönes Haus aufbaute.

Sowas wie eine wehe Zufriedenheit kam über sie, eine müde Gleichgültigkeit. Sie sah durchs Fenster und rieb sich mit dem Finger die Augen aus. Matt stand die nachmittägige Maisonne über dem Hof. Der Hansl trieb noch immer die zwei Rösser rundum. Das sausende Gsottschneiden drang wie ein fernes Brummen durch die Wände.

Tief schnaufte die alte Amrainerin auf. Wie alles weitergehen sollte, das konnte sie sich nicht vorstellen. Aber sie gab gewissermaßen alles aus der Hand in diesem Augenblick.

Jetzt sollte nur der Sepp schauen, wie er aus dem Dreck käme.

XIII.

Die Liesel wunderte sich. Weder der Sepp noch seine Mutter schienen besonders verändert zu sein. Jeder Tag verlief wie der andere. Was war denn das?

Die Dirn zerrieb sich fast vor neugieriger Erwartung und wurde immer kleinlauter. Das Reden und Spaßmachen war ihr vergangen, fahrig wurde sie und den Hansl beachtete sie kaum mehr noch. Jede Nacht lag sie lang, lang wach in ihrem Bett, lauschte gespannt, ob sich denn der Sepp nicht doch noch zu ihr heraufschleiche, und mit tausend vergeblichen Überlegungen schlief sie endlich ein. Brummig erwachte sie in der Frühe und blieb den ganzen Tag so. Beim Mittagessen, bei der Brotzeit und nach Feierabend, wenn man in der Kuchl zusammenhockte, traute sie sich nicht mehr recht, den Sepp oder die alte Bäuerin anzuschauen. Sie spürte undeutlich: der Wind im Haus hatte umgeschlagen und blies gegen sie. Ruppig und mit abweisender Verachtung begegneten die Alte und der Junge ihr. Ungewiß war alles für sie. Kaum auszuhalten! Und dennoch wußte sie nicht, was sie machen sollte.

Die alte Amrainerin war nicht, wie sie angedroht hatte, zum Pfarrer gegangen, nein, ganz was anderes passierte am Pfingsttag. Auf dem schmalen Sträßlein von Weimberting kamen der alte Bolwanger und seine Tochter Marie nach der Nachmittags-Andacht daher und gingen zum Amrainer in die Kuchl hinein. Schon von weitem hatte die Liesl von ihrem Giebelfenster aus die zwei erspäht und das Blut schoß ihr ins Gesicht. Ihr Herz blieb eine Sekunde lang stehen und jagte trommelnd. Ein wilder Haß überkam sie, eine besessene Rachsucht. Sie zog ihr Sonntagsgewand an, trappelte über die Stiegen hinunter, schlug die Haustür krachend zu und ging zum Lergler-Wiggl hinüber. Unregelmäßig schritt sie dahin, bald schnell, dann wieder langsam. Gift und wieder Gift stieg in ihr auf. Ihre Augen bekamen manchmal ein Glimmen, das nichts Gutes verhieß.

Währenddem saßen also die Bolwangers und die Amrainerin beisammen und beredeten anfänglich allerhand gleichgültige Dinge. Neuigkeiten aus der Umgegend, ob's jetzt wirklich wahr sei, daß der Leerbacher vor der Gant stehe, von der schlechten Zeit alsdann im allgemeinen, und daß die Bauernsach' überhaupt nichts mehr gelte, hinwiederum daß keins von den jungen Leuten mehr Bauer bleiben wolle, alles auf was Besseres spekuliere, in die Stadt hineinlaufe und da drinnen verkomme.

»I siehch's ja bei der Zenzl,« erzählte der Bolwanger von seiner zweitältesten Tochter, die den windigen Gendarm Himsel von Trosting geheiratet hatte: »Dö wenn a so daherkimmt, do graust ma direkt... Ganz städtisch is's worn, lauters so ausgschaamts (schamloses) Gwand trogt's noch der Mode... Glei schaama muaßt Di... Und koan Glaabn (keinen Glauben) hot's überhaaps nimma! Und wos is's nacha? Wenn's wieda auf'n Monatsersten zuageht, glangt eahna der Ghoit (ihnen der Gehalt) it hintn und vorn... Nacha kimmt's um Äpfi und Mehl und Butta und Brot...« Seine seltsam helle Stimme krächzte ein wenig. Er saß da, die verarbeiteten, dickäderigen Hände auf den Weichselstecken gestützt, drückte ein ums andere Mal seine kleinen Augen zu und sagte, indem er einen Blick auf die Marie und einen auf den Sepp warf, mit süßmäuliger Schmeichelei: »Do is's bei der Marie schon anderst... Dö loßt it luck (locker). Gell, Marei, gell...?!« Sein vielzerfaltetes Gesicht lächelte kleinweis, und munter wandte er sich an den Sepp: »Und drum mächt's aa amoi a rechte Bäurin werd'n, d'Marie! Drum hot's denkt, der Amrainer-Sepp, dös waar dös Recht'...« Er wartete nicht ab. Er achtete nicht drauf, wenn auch der Sepp finster dreinschaute.

»No, und wia moanst jetz Du, Sepp?« fragte er gradwegs.

»I...?« brummte der: »I heirat' it... Dös Kreiz tua i mir it auf!« Er hatte sich zu einer ungewohnten Leichtigkeit hinaufgeschwungen. Die Amrainerin schaute gar nicht bös auf ihn.

»Er mog it?« wandte sich der Bolwanger an sie: »Hja, dös waar ja doch dengerscht (denn doch) ganz aus!« Und den Sepp spöttelte er gutmütig an: »Wos? Wos, Sepp? A Kreiz, moanst, is's...! Jetz Du gfoist (gefällst) mir! An so an schöna Hof und Du a so a rechts Mannsbuid und koa Bäurin it ming (mögen)...? Schaug's o, mei Marie! Rundum gsund und guat beinand! A saubers ordentlichs Ding und g'wandt bei der Arbat wia Blei it oane! Dös waar ja nacha do scho zum Lacha, wennd's ös zwoa it guat z'sammpassert'...« Die Marie saß mit rotem

Gesicht da, schaute manchmal geschwind auf den Sepp, alsdann wieder auf die Amrainerin, aber die meiste Zeit wußte sie doch nicht recht, wo sie mit ihren Augen landen sollte. Sie war gerade keine geschmerzte Person, aber die allzu offene Art ihres Vaters machte sie doch ein wenig verlegen.

»Noja, so schnell geht hoit dös aa it,« lenkte die alte Amrainerin ein und stellte jedem der Besucher eine umfängliche Tasse Kaffeesuppen hin. Schmalznudeln tat sie aus dem Speiskasten und es wurde gemütlicher. Der Bolwanger war über so eine Aufnahme sehr erfreut und griff gleich zu. Er brockte die Nudeln in den Kaffee – ein kleiner Berg wurde es – und stocherte alles betulich in die braune Flüssigkeit, so lange, bis der Löffel drinnen stecken blieb.

»Do konn's it fein (fehlen) Marei... do san ma guat aufgnomma,« brümmelte er, lud einen hübsch vollen Löffel auf und schob ihn in seinen zahnlosen Mund. Allemal zog er das Zurückgebliebene auf seinen struppig-grauen Bart mit der Unterlippe herab: »Ja-jaja, do werd's scho wos...« Und ohne den Sepp anzuschauen setzte er dazu: »Da Seppei is hoit nu a bissei gschaami (bißl verschämt)... Dös loßt scho noch!« Er kicherte freundlich.

»Seid's a der Veschpa (Vesperandacht) g'wen?« fragte die Amrainerin, weil sie einsah, daß mit dem Sepp nicht viel anzufangen sei.

»Ja – schnell hot er's heunt kinna (können) der Benefiziat,« antwortete die Marie, auch froh darüber, daß man von was anderm anfing.

»Jaja, beim Herr Pfarra do daurt's oiwai glei ewi,« mischte sich der Bolwanger ein: »Do moanst glei oft, Du muaßt eahm helfa...«

»Mei, oit (alt) werd er hoit (halt) jetz aa scho, da Herr Pfarra,« gab die Amrainerin zurück.

»Ja, wia mir, Amrainerin,« hakte der Bolwanger ein: »Bei üns zwoa geht's aa nimma lang... Do werd's Zeit, daß ma dö Jungn z'sammkuppaliern... Moanst it?« Er blinzelte wiederum lächelnd. Er schlampte seinen Kaffeeteig hinunter und schien fidel wie einer, der einen guten Handel macht. Das steckte an.

»Ja mei, dö heuntinga jungn Leit san aa nix mehr... Koan Soft und koan Gschmoch hobn's nimma,« meinte die alte Amrainerin ebenso.

»Aba mei Marei it...! Dös is nu oane von rechtn Schlog! Do feit si nix (fehlt nichts)!« rühmte der Bolwanger seine Tochter beharrlich. Die Amrainerin betrachtete diese unvermerkt von der Seite und man sah, das Weibsbild gefiel ihr nicht schlecht. Gute braune Augen steckten im runden, rotbackigen Gesicht von der Marie. Das Haar war fest nach hinten gekämmt und oberhalb des Genicks saß ein drallgewundener Zopfknoten. Wie hinaufgeklebt saß der kleine, runde Tölzer Trachtenhut auf dem Kopf, der schwarz in sich geblumte Spenser arbeitete Brust und Hüfte vorteilhaft heraus, und der lange Rock mit dem seidenen Fürter (Schürze) wallte wunderbar faltig hinab bis auf die Schuhspitzen.

Die Amrainerin seufzte kaum hörbar und über ihr altes Gesicht glitt ein Huscher Wehmut.

»Ja,« sagte sie, »meinetweng konn er ja scho lang heiratn, der Sepp … I waar froh, wenn i übergebn kunnt.« Ganz von ungefähr streifte sie mit einem fast schmerzlichen Blick ihren stumm dahockenden Sohn, der nicht aus sich herausging.

»Gell! Gell! Sogst ös aa, Amrainerin! Gell!« nahm der Bolwanger sofort den Faden auf: »Der Sepp und d'Marie …? Do gaab's ja doch gornix …« Und – auch ganz unwillkürlich, ohne daß sie's wollten, schauten in diesem Moment der junge Amrainer und die Bolwanger-Marie einander in die Augen. Schauten sich an, wurden rot und wichen einander wieder aus. Aber darauf wurde das Gesicht vom Sepp wieder jäh finster und verschlossen.

»I heirat' it …! Do konnst redn wos D' mogst,« stieß er fast grob heraus und ging aus der Kuchl.

Eine Weile hockten sich die drei Zurückgebliebenen betreten gegenüber. Endlich fand der Bolwanger das Wort wieder und meinte: »Noja, es is ja no it oi (alle) Tog Nocht … Er is hoit nu a bissei g'schreckt, der Sepp …«

Man unterhielt sich noch eine Zeit lang, aber es hatte nicht mehr den zuversichtlichen Schwung. In den Stall hinüber führte die Amrainerin ihre Gäste und schließlich war's zum Heimgehen Zeit.

»Sepp …! Sepp!« schrie die Amrainerin, weil sie es doch nicht vertrug, daß man ohne versöhnliches »Grüß Gott« auseinanderging: »Sepp! Sepp, Pfüad Good mächtn s' Dir sogn! Sepp!!« Aber sie rief vergeblich. Das verbitterte sie.

»Pfüad Di Good, Amrainerin … Loß Dir nu Zeit, es werd scho!« tröstete sie der alte Bolwanger.

Mit beinahe schmerzlicher Zärtlichkeit drückte die alte Amrainerin der Marie die Hand: »Pfüad Good, Marei! Kemmt's guat hoam miteinand …« Die zwei Pfreimdinger tappten über den stillen Hof, stiegen den buckligen Wiesenrand hinunter und gingen auf der Pfreimdinger Straße weiter. Wütend zog die Amrainerin die Stalltüre zu.

In der Kuchl traf sie den Sepp wieder. Er saß an seinem kleinen Ecktischl und blätterte eifrig im Bürgerlichen Gesetzbuch herum. Ganz vertieft war er.

»Herrgott, i woaß's it, daß D' gor a so a Hackstock bist!« murrte ihn die Amrainerin fast hilflos an: »Ma muaß si' ja glei schaama vor fremde Leit mit Dir!«

Der Sepp schaute nicht auf. Irgendetwas schien ihn aufs höchste zu beunruhigen. »Ja mei,« brummte er ohne Feindschaft: »Mei! I hob Dir's doch gsogt, daß i it heirat!«

»D'Marie waar koa unrechts Leit,« meinte die Amrainerin unsicher. Alsdann aber fiel ihr wahrscheinlich wieder die Dirn ein – alles – die ganze verfahrene Sache – und sie sagte schier ungeduldig: »Herrgott, mit dera Liesl! Dös is ois (als) wia wenn der Teifi an Haus waar!«

Der Sepp wandte ihr sein Gesicht zu. Forschend wach war es in seinen Augen. »Dös loß nu mei Sach' sei,« gab er an, lugte, als höre irgend jemand ungesehen zu, rundherum und schloß leiser und vertraulich: »An Irda (Dienstag) fahr i glei auf Minka eini zon Avikat Rosenzweig, aba loß fei ja nix verlautn davo ...«

Einverstanden und halbwegs versöhnt nickte die Amrainerin: »Vo mir derfahrt koana wos ...«

Kurz darauf hörten sie die Dirn über die Stiege hinaufgehen. Auch der Hansl kam heim mit dem Radl. Zeit war es zur Stallarbeit.

In dieser Nacht, als der Sepp in der Dunkelheit ins Bett stieg, lag die Liesl drinnen.

»Sei stad! (still)! Stad Sepp!« hauchte sie: »I *muaß* redn mit Dir!« Der junge Amrainer zog seinen Fuß wieder zurück und blieb stockstumm in der Finsternis stehen. Die Dirn richtete sich auf und wollte nach ihm langen: »Geh eina, Sepp!« Aber der Sepp wich zurück.

»Geh doch eina, Sepp!« wiederholte die Dirn dringlicher. »Geh weita! Jetz is's scho gleich! I bin ja in der Hoffnung vo Dir!« wisperte sie noch leiser. Das belebte den Sepp. Doch das Wort fand er immer noch nicht.

»I hob Di' ja nia alloa derwischt,« hastete die Liesl: »Du host Di' ja oiwai versteckt vo mir! Geh weita, geh eina! Mach hoit! Es siehcht's und woaß's doch koa Mensch!«

Der Sepp schwankte. Plötzlich sagte er laut: »Mach daß D' außi kimmst, Sau, dreckige!«

»Bs-sst! Um Gottswuin (Gotteswillen), Sepp, sei doch stad!« bat die Dirn angstvoll flüsternd.

»Außi geh! Raus do!« knurrte der Sepp wiederum: »I wui dir nix (ich will nichts von Dir)!«

Eine Sekunde stockte es.

»Ja Herrgott! Sepp!« fuhr es aus der Liesl: »Sepp?!« Wieder griff sie nach ihm.

»Nix do! Raus, sog i! Himmiherrgott!« stieß er ihren fuchtelnden Arm zurück und packte ihn auf einmal fest, riß das Weibsbild aus dem Bett: »Saumensch, liaderlichs, wos glaabst D' denn Du eigntli! Glei machst, daß D' naus kimmst aus meina Kammer!« Die Dirn stand zitternd da und riß den umklammerten Arm weg.

»Aus loß! Au!« keifte sie halblaut und, als der Sepp ihr auf einmal einen derben Renner gab, daß sie fast bis zur Tür fiel, da schrie sie wie am Messer in die stille Finsternis: »Ha, wart' no! Du host gmoant, Du konnst mi einfach wegsteßn (wegstoßen)! Du Saukerl, Du elendiga! Wart nu! Du bist boi wieda drin an Zuchthaus, Du Schuft, Du windiger!«

Drüben in der Eh'kammer, wo die alte Amrainerin schlief, wurde es laut. Der Sepp kroch einfach in sein Bett.

»Hundling verreckta! Dir brock i's ei!« plärrte die Dirn, riß die Tür auf und lief in ihr Juchhe-Kammerl hinauf. Wieder flog eine Tür krachend zu. Dann war es still.

»Sepp...? Wos is's denn um Gotteswuin?« fragte die alte Amrainerin im dunklen Gang.

»Ah! Nix! Gor nix! Dös Saumensch hot si in mei Bett rei'gflackt und i hob's außi gschmissen!« gab der Befragte an und drehte sich um im Bett.

Zwei, drei Sekunden blieb die alte Bäuerin leicht schlotternd stehen.

»Geh nu ins Bett!« hörte sie auf einmal den Sepp wieder sagen und zuckte wie erschreckt zusammen. Schwer drehte sie sich um und humpelte in ihre Kammer zurück.

»Huarnstingl! Sautreiba!« gellte es nach wiederum einer Weile aus dem Giebelfenster in die Nacht hinaus. Alles blieb still. Der Sepp hörte ein aufgeregtes Hin- und Herrennen droben. Er war ganz ruhig, sonderbar stumpf zufrieden.

Es verging wieder eine Zeit und dann wurde ein Türenquietschen vernehmbar, ein wüstes Gerumpel folgte über die Stiege vom Juchhe herunter.

»So, jetz geh i! Jetz geh i!! Hund schlechta!« bellte die Dirn noch einmal vor der Tür, tappte weiter über den Gang, über die Stiege hinab, der Sepp hörte die Haustüre aufriegeln und wieder zufallen und schnaufte auf. Er ließ einige Minuten vergehen, stieg aus dem Bett, schlüpfte in die Hosen und sperrte drunten die Haustür wieder zu.

»Ja, Herrgott 'nei! Wos is's denn?« fragte seine Mutter wiederum durch die Wand.

»Schlaf nu, Muatta! Furt is's g'laffa, dös Saumensch!« gab der Sepp an und legte sich endgültig hin zum Schlafen…

XIV.

W as so gach (jäh) daherkommt, ist nicht weiters gefährlich,« sagt
man. Der Regen, der wolkenbruchartig niedergeht, wirft Blat-
tern auf dem Boden, und das ist ein Zeichen, daß er bald vorüber ist.
Kein Gewitter dauert an, und Hunde, die viel bellen, beißen gewöhn-
lich nicht.

Am andern Tag in der Frühe machte der Hansl nicht wenig baffe
Augen, als statt der Dirn der Sepp die Kühe versorgte. Er fütterte und
melkte sie und war seltsam gutlaunig.

»Wos schaugst D' denn?« fragte er den Hansl leicht grinsend: »Geht
Dir g'wiß d'Liesl a so o (ab)?« Der Bursch wurde rot und verlegen und
wußte nicht, was er sagen sollte.

»Host es denn it g'härt gestern…? Davo is's (davongelaufen)!«
klärte ihn der Sepp auf: »Host D' denn den Krach it g'härt, den wo's
gmacht hot?«

»Na-aa,« schüttelte der Knecht den Kopf und bekam ein noch trau-
rigeres Gesicht.

»Dös muaß ma sogn – Du host an guatn Schlof (Schlaf),« spöttelte
der Sepp arglos, aber die sonderbare Verstörtheit von Hansl fiel ihm auf.

»Mächtst eppa Du aa (möchtest Du etwa auch) nimma dobleibn?«
fragte er gradzu. Scharf nahm er den Burschen aufs Korn.

»I…? Na-na… I bleib scho do… I hob gornix g'härt,« stotterte dieser verdattert und wurde hilflos wie ein kleiner Zufallslump vor einem gewiegten Polizeikommissar. Dem Sepp ging ein jähes Licht auf.

»Noja,« sagte er mit gutgespielter Gemütlichkeit: »Sie is ja koa
schlechte Dirn gwen (gewesen), d'Liesl, aba sie hot auf amoi (auf einmal) ihrem Rappi kriagt, weil i g'sogt hob, sie soit (sollte) doch *Di* in
Ruah loßn…« Jetzt war der Hansl völlig wirr und dumm.

»Sunst waar's mir ja gleich, aba zwoa Ledige in oan (einem) Haus…
Do hot ma ja glei' 's Gred vo dö Leit…« log der Sepp weiter und las
aus Hansls Miene mühelos alles, was er wissen wollte.

»I wui (will) Dir wos sogn, Hansl,« fing er verblüffend vertraulich an: »I hob's ja scho g'spannt (gemerkt), wia s' Di herbrocht hot, d'Liesl, daß zwischen enk zwoa (euch zwei) wos los is …« Er musterte den zerknickten Burschen fast mitleidig: »Glaabst D', daß i dös it gsehng hob, wia s' scho an drittn Tog so lang in Dein' Kammerl gwen si …« Er war so weit, daß sein hinterlistiges Lügen zum Widerspruch reizte.

»Na! Na Baur! Na, dös is it wohr, na!« stammelte der Hansl: »Na, sie is erst am Samsta (Samstag) drauf, wia i eingstandn bin, bei mir g'wen … U-und seitdem – seitdem bloß no zwoamoi (zweimal) … I-i-i hob mir ja Sündn gfürcht, a-aba …« Das Wort brach ihm ab, er wimmerte.

»Aba sie hot Dir koa Ruh nimma loßn,« ergänzte der Sepp schier herzlich und als der zerfahrene Bursch matt nickte, setzte er dazu: »Mei Liaba, i kenn dö Sauweiber … Mit mir hot sie's aa probiert gestern auf d'Nocht, aba i hob s' ausgschafft.«

Der Hansl riß Maul und Augen auf. Er stand da wie wenn ihm einer einen Bierschlegel auf den Kopf gehauen hätte.

»Jaja, bei mir!« sagte der Sepp statt seiner: »A so san's, dö Bluatsweiba (Blutsweiber) dö windign (niedrigen).«

Der Hansl tappte wie gebrochen in seinen Roß-Stand. Stumm verlief die Arbeit. Einmal tauchte die alte Amrainerin in der Tür auf und sah nach.

»Werd's denn fürti (fertig)? Kemmt's z'Schuß (Kommt ihr zu Rande)?« erkundigte sie sich, und munter wie noch nie antwortete der Sepp: »Jaja, Muatta! Waar ja no schöner, wenn üns a davoglafferne (davongelaufene) Dirn wos o'kunnt (anhaben könnte)!« Er hantierte flink, wie der erprobteste Stallschweizer.

Jetzt sah er das Rechte in der Zukunft. Hundert und aberhundert Mal hatte er es sich durch den Kopf gehen lassen, hart am Rand von Dummheiten, die sein Ruin hätten werden können, war er gestrauchelt, immer wieder aber verbiß er sich echt amrainerisch aufs Ziel: Der Hof muß Dir bleiben, und die Brandversicherung darf ihre Ansprüche in den Kamin schreiben.

Leichter wäre es freilich gewesen, wenn er geheiratet hätte und einfach seinem Weib alles überschreiben hätte lassen, aber der Sepp traute kaum sich, wie viel weniger erst einem Weibsbild, das da von irgendwoher hereingeschneit gekommen wäre.

»Ja, und wie denn?« wird man fragen.

Langsam, langsam, es kommt schon.

An diesem Pfingstmontag war auch der Lergler-Wiggl wieder einmal im Hochamt, das passierte selten, aber es fiel nicht weiter auf, wenigstens den Leuten nicht. Dem Amrainer-Sepp entging das nicht. Die Liesl sah er nirgends.

Kurz nach dem Mittagessen kam der Wiggl auf der Weimbertinger Straße daher und bog kurz vor Besenberg zum Amrainerhof ein. Am Fenster der Knechtkammer, die zwischen Stall und Wagenremise lag, blieb er kurz stehen und lugte durch die staubig blinden Scheiben. Er klopfte, der Knecht öffnete einen Fensterflügel, und der Wiggl sagte hastig und halblaut: »Hansei, d'Liesl loßt Dir an schöna Gruaß sogn ... Du soist ihra Sach z'sammatoa (zusammentun) und g'legntli' (gelegentlich) amoi (einmal) zu mir umifahrn ...«

»So ... j-ja, is scho recht,« antwortete der Hansl und wurde brandrot. Der Wiggl ging an der Hauswand entlang weiter, im Flöz hörte die Amrainerin seine Schritte und alsdann tat er ein wenig zögernd die Kuchltür auf. Bloß die alte Bäuerin sah er, grinste zufrieden und sagte: »Grüaß Good, Amrainerin, derf ma 'reikemma?«

»Grüaß Good, Wiggl,« dankte die: »No, wos füahrt denn jetz Di daher?«

»Is der Sepp it do?« erkundigte sich der Wiggl.

»Ja, warum ...? In der Stubn is er drinn,« meinte die Amrainerin offen. Der Wiggl bekam im Nu ein anderes Gesicht.

»So,« sagte er, hielt ein wenig inne, als besinne er sich und setzte dazu: »Hm, ja hm, i hätt' eigntli mit Dir wos z'redn, Amrainerin ... Eppas (etwas) recht wos Schiachs (Häßliches) ...« Er wollte grad näher kommen, da tat sich die Stubentür auf und der Sepp stand patzig, die Hände in den Hosentaschen, mit einem schier höhnischen Gesicht da. Der Wiggl verlor einen Huscher lang direkt das Gleichgewicht, grinste aber schließlich wiederum und grüßte: »Grüaß Good, Sepp.«

»Grüaß Di Good, oiter (alter) Schmuser,« spöttelte der Sepp überlegen. »Mächtst üns gewiß wieda a neue Dirn zuabringa, ha ...? Oder eppa (etwa) mir a Hochzeiterin, ha?«

»Na,« schüttelte der Wiggl den Kopf: »Nana, i kimm wega der Liesl ...« Er linste zweideutig auf den Sepp und wurde auf einmal verwundert über dessen Sicherheit. Eh' er ein Wort sagen konnte, meinte der aber schon wieder: »Ah, hot sie si' eppa glei gor bei Dir verschloffa (verschlüpft), dös Mensch, dös schlecht'?«

Der Wiggl wurde blaß.

»Tj-ja, worum ...? Wo-wos is' denn jetz do passiert bei enk (euch)?«

»Passiert...? Dös sell werst Du, glaab i bessa wissen ois wia i, ha?«
warf der Sepp keck hin und wurde noch frecher: »Schickt s' Di' gwiß
wegn dö Alimentn, ha?« Der Wiggl verlor die Sprache ganz und gar.

»Red' oder scheiß Buchstaben, nacha setz i mir's z'samm!« fuhr ihn
der Sepp fidel an und hockte sich bauernmäßig breit auf die Holzbank
am Tisch: »Sog ihra nu, der Liesl, sie braucht nimma kemma! A so a
Loas (Muttersau) kinn (können) ma bei üns it braucha!«

Die Amrainerin hockte da und hatte gar kein ungutes Gesicht. Der
Wiggl spürte, roch direkt: Die zwei stimmen zusammen.

»Ja, aba, jetz paß amoi auf, Sepp,« nahm er sich ein Herz: »Wia is
denn dös nacha? Sie wui (will) Di' o'zoagn (anzeigen) wega Notzucht,
d'Liesl...! Sie sogt, a der Pfreimdinga Lendn drobn hättst ös einfach
o'packt! Wia stellst Di' denn nacha do dazua?«

Eine finstere Wut huschte über Sepps Gesicht, aber gleich war er
wieder obenauf.

»So...? O'zoagn wui s' (will sie) mi? Soso,« antwortete er uneingeschüchtert: »So – so...«

»Sie is in der Hoffnung vo Dir,« fiel ihm der Wiggl ins Wort.

»So...? Wos Du net ois's woaßt, haha,« höhnte der Sepp: »So, in der
Hoffnung vo' mir...? Do gibt's nacha sicher Zwilling, denn der Hansl
hot mir scho vorg'arbat (vorgearbeitet) g'habt...«

Jetzt hob die alte Amrainerin erstaunt ihr Gesicht. Genau so baff
war auch der Wiggl.

»Der Hansl...? Da Knecht? Der aa,« stotterte der geschlagen:
»Hmhm, ha, hmhm, dö-dös is mir ja ganz neu!«

»Sososo, de-der aa? Der aa,« murmelte die Amrainerin und schüttelte den Kopf.

»Jetz woaßt wos, Wiggl,« fing der Sepp neuerdings an: »Hock Di'
her do! Loß redn mit Dir... Jetzt san ma scho drin a der Sauerei! Jetz
geht ois's an oan (alles in einem) hi'...«

Der Wiggl folgte ohne Widerrede. Er setzte sich hin. Sie saßen alle
drei um den eschernen Tisch, eigentlich redete bloß noch der Sepp,
und die anderen zwei, der Wiggl und die Amrainerin, schauten sich
von Zeit zu Zeit an, alsdann musterten sie wieder den kühnen Sepp.

»I wui (will) it a so sei, Wiggl... Werd's a Bua oder a Madl, i kimm
dafür auf,« versprach dieser: »Der Hansl is a armer Teifi... Nana,
sogst ihra, der Liesl, fürs Kind is g'sorgt seiner Lebtog! Do loß i mir
nix nochsogn!«

»Ja und sie? D'Liesl! Mächtst ös eppa heiratn?« erkundigte sich der Wiggl ein wenig hoffnungsvoller.

»Heiratn…? Nana, mei Liaba, nana! Soweit treib i mei Guatmüatigkeit nacha doch scho it,« lächelte der Sepp und wurde wieder sachlich: »Fürs Kind kimm' i auf; aba *sie* soi (soll) schaugn, daß sie si' aus'm Staab (Staub) macht…«

»Ja, Herrgott, dös versteh i it, Sepp!« redete der Wiggl und auch die Amrainerin dawider: »Do werd' d'Liesl kaam z'friedn sei…«

»It…? Nacha soi sie's bleibn loßn,« beharrte der Sepp und zählte noch einmal die Vorteile auf: »I zoi (zahle) Hebamm- und Doktaköstn, i nimm 's Kind auf'n Hof. Dös werd doch schö gmua sei!«

»Jajaja! Dös scho! Aba du kennst ja d'Weiba, Sepp! Jetz is's ihra Lebtog Dirn g'wen, d'Liesl, jetz mächt s' holt Amrainerbäuerin werdn,« versuchte der Wiggl die Sache in sein Fahrwasser zu bringen. »Sie is doch a so koa unrechts Leit, d'Liesl (kein unrechter Mensch)… Und wenn's scho amoi a Kind vo Dir kriagt? I moan, dös muaßt D' doch versteh, Sepp!« setzte er diesem zu. Aber der gab nicht nach. Er verwies immer wieder auf den Hansl. Nein, so eine, die von einem zum andern geht, meinte er, das sei ganz ausgeschlossen. Er blieb dabei.

»Richt's ihr no aus! Wenn's it mog, is's grod ihra eigna Schodn,« schloß er und wohl oder übel – der Wiggl mußte mit diesem traurigen Auftrag abziehen.

Er kam stockgrantig in seinem Häusl an. Sein erhofftes Schmusergeld war endgültig verloren. Er murrte die Liesl an wie einen lästigen Gast und erzählte. Die Dirn zeigte sich am Anfang unnachgiebig.

»Der Sauschwanz, der unleidi'!« schimpfte sie auf Hautsdrein: »Und wenn er si' aufhängt! Nix gibt's! Wenn er mi it heirat, zoag i'n pfeilgrod o! Der Lump, der schlecht…«

Aber der Wiggl wurde von Wort zu Wort ärgerlicher.

»Dappige Kuah, dappige!« brüllte er sie an: »Wos kost nacha, wennst'n wirkli' o'zoagst (anzeigst)? Erstens is's no gor it g'sogt, daß er g'straft werd und zwoatns machst'n erst recht narrisch… Z'letzt kriagst gor nix mehr, damische Goaß (Ziege), damische…«

Allmählich wurde die Liesl klein und kleiner.

»Und bei mir konnst aa it bleibn!« knurrte der Wiggl sie mittendrinnen grob an: »I konn Di' it braucha!«

Alle Hoffnungen versanken der Dirn. Verlassen sah sie sich. Wieder stand sie da und konnte schauen, wie sie durchkam. Und in einem solchen Zustand.

Eine trostlose Bitterkeit machte sich in ihr breit.

»I tat wieder umigeh zon Amrainer... I wett' mein Kopf, wenn ma guat red't mit dö Leit, nacha hobn s' aa a Ei'sehng (Einsehen),« riet ihr der Wiggl. Sie fing zerstoßen zu weinen an.

»Jetz bläck' (heule) nu aa!« wurde der Wiggl ganz zuwider: »Ja Himmikreizdreiteifi! I konn do aa nix dafür!« Da hatte er sich etwas Schönes eingebrockt. Am liebsten hätte er dieses winselnde Frauenzimmer hinausgeschmissen und davongejagt.

»Dös is doch gwiß schö gmua von Sepp, wenn er fürs Kind aufkimmt und ois's übernimmt... Ja, Herrgott, wos buidst (bildest) Dir denn Du ei!« schimpfte er: »Wenn er schlecht sei mächt', nacha tat er ois's an Hansl aufischiabn (hinaufschieben) und bei dem kriagerst (kriegtest Du) an Dreck!«

Unablässig heulte die Dirn. Es war, als habe sie alle Kraft über sich verloren.

»Jetz här (höre) amoi auf, sog i!« verbat sich der Wiggl den widerlichen Lärm und stellte sich fast drohend vor sie hin: »Wos host jetz an Sinn...? Gehst umi oder it zon Amrainer? Bei mir konnst it bleibn, basta!«

»Wi-Wiggl...? Wiggl?« flehte die Dirn. Bitthaft sah sie aus ihren verweinten Augen. Auch in seinen Armen hatte sie einmal gelegen.

»Mei Ruah loß mir!« wies der sie ab: »Gehst umi oder it?«

»Ja! Ja! Wos bleibt mir denn anders übri? Morng geh i umi,« gab sie nach.

»Morng (morgen)... beim hellichten Tog?...Nana, bei mir konnst nimma bleibn,« widersprach er: »Geh doch heunt... Bei der Nocht siehcht's koa Mensch und je weniger auffälli ois dö Sach gmacht werd, umso liaba werd's aa dö Amrainers sei...«

Das leuchtete der Dirn schließlich ein. Nach dem Gebetläuten kam sie beim Amrainer drüben an. Sie bettelte und winselte wie ein geschlagener Hund zuguterletzt. Und – sie konnte bleiben.

XV.

Eigentlich wollte der Sepp gleich am andern Tag, am Pfingstdiens-
tag, mit seiner Mutter zum Justizrat Rosenzweig nach München
hineinfahren. Die zwei beredeten den Plan noch in derselbigen Nacht
aufs genaueste und es war schier komisch, wie lebhaft und geweckt,
wie zutraulich und umsichtig sich der Sepp dabei zeigte.

»Und Du muaßt recht z'kriagt (verzankt) mit mir toa, Muatta! Du
muaßt toa, ois (tun, als) wia wennst mi am liabern umbringa mächtst,«
gab er der alten Amrainerin Anleitung: »Denn ma woaß ja it... ma
derf' ja koan trau'n. Da Justizrat derf's fei ja it spanna (merken), daß
mir kreuzguat zuanander san... Er muaß absalut moana, Du gunnst
mir an Hof it!«

»Jaja, i versteh Di scho, jaja,« nickte seine Mutter: »Jaja, Sepp!
Aba...« und sie lugte mit einem Male mißtrauisch um und um, indem sie ihre Stimme dämpfte: »Aba, dös werd' ja no a poor Tog Zeit
hobn... I woaß's it, i trau dera Liesl it übern Weg jetz. Wenn mir do
morng glei auf Minka (München) fahrn und sie is mit'm Hansl alloa...? Host es it gsehng, wia's drei'gschaut hot...? I glaab oiwai, dö
hot glei gor wos an Sinn... Do fahr liaba Du alloa eini auf Minka...«

Der Sepp verstand sie vollauf, gab ihr vollauf recht. Ein ebenso
plötzliches Mißtrauen fiel ihn an. Ganz andere Augen bekam er.

»So...? Moanst glei gor, daß s'Sachen macht, dös Mensch?« brummte
er halblaut und schaute seiner Mutter fragend in die Augen: »Hin, a dös
hob i jetz gor it denkt... Jaja, recht guat gfoit's (gefällt sie) mir aa net.«

Einig war man. Am andern Tag fuhr der Sepp allein nach München
und kam mit der besten Nachricht wieder zurück.

»Es hot Zeit! Es hat no lang Zeit... Es feit (fehlt) nix mehr, Muatta!«
berichtete er auffallend lustig: »Erst muaß der Schrazn (Kind) auf der
Welt sei... Und kostn, sogt er, der Justizrat, kostn tuat's schier gor
nix!« Er hatte sich alles, was ihm der Anwalt erklärt hatte, scharf gemerkt und erklärte es mit größter Sicherheit.

Wie ein beflissenes Kind sagte er zum Schluß: »Und jetz tua Dir nu nimmer weh bei der Arbat, Muatta! Loß nu üns arbatn, gell... I wer scho fürti (fertig) mit dö zwoa!« Damit meinte er die Dienstboten. Dieser warme Ton tat der alten Amrainerin grundwohl.

»Ja,« sagte sie zuversichtlich: »Spann's nu ei, daß eahna (ihnen) andern Gedanken kemma...«

Ohne Zwischenfall verliefen die Tage wieder.

Den Hansl reute es schon lang, daß er seinerzeit der Liesl so schnell nachgegeben hatte und beim Amrainer eingestanden war. Die Dirn hatte sich ihm vom ersten Tag an aufgedrängt. Er selber wäre nie so keck gewesen und hätte sich mit diesem heftigen, weit älteren Weibsbild eingelassen. Wenn aber jemand fort und fort in die Glut bläst, dann wird sie schließlich ein helllichtes Feuer, und der festeste Mann kann sich nicht mehr retten davor. Blind und dumm war der schüchterne Knecht in die Irrnis hineingerannt. Wie vernebelt, wie verhext trieb er darin herum – bis ihm der Sepp die Augen öffnete. Jetzt ekelte er sich fast vor der Dirn und wäre am liebsten jeden Tag auf und davon. Aber so parat waren die Dienstplätze grad auch nicht, wenngleich bereits der frühe Sommer über den Feldern stand und die schwerste Arbeit drankam. Notgedrungen blieb also der Hansl auf dem Hof und sperrte sich ganz und gar ab gegen die Liesl. Das war anfangs auch nicht schwer, denn die Dirn war so niedergedrückt, daß sie selber nichts anderes wollte, als ihre Ruhe. Vielleicht schämte sie sich, vielleicht grämte sie sich. Sie verrichtete stumm ihre Arbeit und immer war ein betroffen-schmerzlicher Zug in ihrem Gesicht.

Im Dorf und weiter herum sickerte allmählich durch, was zwischen dem Sepp und der Dirn passiert war. »Hm,« sagten die einen halb schadenfroh: »Do hot er's jetz, der hoakle (heikle) Sepp! Aso geht's dö Dappign (Dummen)! Z'erst ist eahna (ihnen) dö best' Bauernstochta it guat gnua – umanand drucka und umanand drucka teahnas (tun sie) und nacha sausen's mit aran (einem) ganz nixign Weibsbild eini...« Andere wieder entrüsteten sich massig über den Sepp und besonders auch darüber, daß die alte Amrainerin die Dirn jetzt noch unter ihrem Dach lasse. Beim Bolwanger waren sie traurig und verloren jede Hoffnung. Sowas hatten sie sich nicht gedacht. »Hmhm, dös Kreiz! Hmhm, der Verdruß wieda für die oit Amrainerin,« lamentierte der alte Bolwanger einmal teilnahmsvoll, aber doch mehr für sich verdrossen: »Daß er so verkemma (verkommen) is, da Sepp, dös hätt' i it glaabt...«

Und natürlicherweise fing überall ein großes Rätselraten an, wie denn die Sache jetzt weiterliefe.

Den Leerbacher-Toni interessierte das am meisten. Möglich, daß er sich von einer solchen Wendung allerhand Günstiges erwartete.

»Sepp?« redete er seinen Nachbarn einmal an und schmunzelte zweideutig: »Wos is's jetz eigentli, d'Leit (Leute) sogn, wenn bei der Liesl da Ofa ei' bricht (Ofen einbricht = niederkommt), nacha heirat'st...? Wia zoagt (zeigt) si' denn nacha Dei' Muatta...? Wui s' (will sie) eppa (etwa) jetz doch 's Sach der Kirch verschreibn, daß Du gor nix kriagst?«

Der Sepp bekam einige Stirnfalten und schaute ihm kalt in die Augen. Alsdann sagte er barsch: »I frog Di ja aa it, obst scho boi (ob Du schon bald) davo'schwimmst (pleite gehst)!«

Das trieb dem Toni jäh das dunkelrote Blut in den Kopf.

»Hoho!« verbat er sich den Anwurf: »Ho-ho! Sei fei stad (still), gell! I brauch' no oiwai (alleweil) koan' Menschn, der wo mir wos gibt!«

»Ja no, nacha is's ja guat!« schnitt der Sepp die Unterhaltung ab: »Und wos i tua, geht koan Menschn wos o (an)!«

»Dir tat i's gunna (gönnen), daß D' gor nix mehr kriagst vo Dein' Hof!« polterte der erboste Toni und ging davon.

Die Heumahd war vorüber. Heiß und brütend lag die Sonne über dem gehügelten Landstrich. Auf allen Wiesen und Hängen standen die langen Leiterwagen und wurden fachrecht beladen. Die davorgespannten Ochsen oder Rösser schlugen in einem fort unruhig mit ihrem Schwanz seitlings auf ihre gewölbten Rippen, stießen bald den Hinterfuß dann wieder den Vorderfuß bauchwärts, um die lästigen Stechbremsen zu verscheuchen, und wieherten oder brüllten gequält auf. Beim ersten Lerchengetriller wurde es auf den Feldern lebendig und spät in der Dunkelheit noch ächzten die schwerbeladenen Fuhren dorfzu, in die Tennen.

Dick und prall zeitigte das Getreide heran. Mannshoch wogten Korn und Weizen im sachten Sommerwind, die Gerste gelbte aus, der Hafer verlor schnell seine grüne Farbe und bleichte gleichmäßig aus. Die wenigen Gewitter, die niedergingen, richteten keinen weiteren Schaden an, und eine Ernte war es in diesem Jahr, wie lange schon nicht mehr. In jedem Bauernhirn rumorte jetzt bloß dieser eine Ansporn: »Rein damit, was reingeht! Unter Dach und Fach mit diesem goldenen Segen!« Die Dörfer und Häuser – rein ausgestorben schienen sie untertags. Nur die ganz alten Leute und die kleinsten Kinder waren daheim, alles andere werkelte unermüdlich auf den Feldern.

Zu solcher Zeit hört sich das Gerede über andere Leute auf. Sowas spart man für ruhigere Tage auf. Man kann es ja erwarten. Was ändert sich denn schon viel auf einem Dorf? Zwischenhinein stirbt einmal eins, oder es fängt in einem Haus ein neugeborenes Kind zum ersten Mal zu schreien an. Das ist alles.

Der hochwürdige Herr Pfarrer Mayr ging einmal von Weimberting nach Besenberg. Die Leute auf den angrenzenden Feldern grüßten ihn und achteten nicht drauf, wohin er ging. Vielleicht machte er einen seiner geruhsamen Spaziergänge, vielleicht wollte er nach Trosting und von da aus in die Stadt hinein. Da war der Weg über Besenberg der beste und nächste. Niemand bemerkte, daß er den Amrainerhof aufsuchte. Auch ihm war von wichtigtuerischen Betschwestern zugetragen worden, was man sich vom Amrainer-Sepp und der Dirn erzählte. Zu seinem Verdruß, wohlgemerkt, denn er hat schon geglaubt, seit seiner letzten Unterredung mit dem Sepp sei's dort in der Ordnung mit allem. Er mischte sich höchst ungern in Angelegenheiten, die – wie er sich auszudrücken pflegte – »im Grund genommen jeder Mensch selber auszubaden hatte, und wo letztlich unser Herrgott doch wieder einrenkt.« So gar nichts Eiferndes hatte dieser Geistliche an sich. Er war ein sanfter Phlegmatiker, und weil es ihm gut ging, sehr gut sogar, drum schaute er auch das Leben gemütlich an, – dieses, und die Bauernleute. Er wog ihre Tugenden und Untugenden gerecht ab und kam in einzelnen Fällen, eben weil dies seiner behäbigen Art entsprach, stets zu der versöhnlichen Ansicht: »Grad viel Schönes haben Bauernleute nicht. Plage früh und spät, das ganze Jahr hindurch. Drehen und wenden müssen sich die meisten, wenn sie in heutiger, schwerer Zeit ihr Auskommen haben wollen. Da bleibt nicht viel Sündhaftes übrig.«

Er traf die alte Amrainerin in der Kuchl, wo sie bügelte. Die Fenster standen offen, die Sonne brannte herein, und das glühende Bügeleisen verbreitete eine dämpfige Hitze. Der Holzkohlengeruch war kaum auszuhalten. Dicke Schweißperlen glänzten auf dem bläulich-blassen, hageren Gesicht der Altbäuerin, langsam und ein wenig zitterig hantierte sie und schnaubte mitunter schwer.

»Jaja, jetzt um Gottswilln, Amrainerin! Bei einer solchem Hitz' bügln … Jaja!« leitete der geistliche Herr das Gespräch ein: »Hm, halt alleweil noch fleißig! Ich sag' ja!«

Die Amrainerin stellte das Bügeleisen auf den Rost und murmelte etliche freundliche Worte, alsdann ging man in die Stube. Zögernd, fast schüchtern kam der Pfarrer erst nach einem weiten, vorsichtigen Umweg auf die eigentliche Sache.

»Ich weiß's ja net gnau, Amrainerin,« sagte er fast entschuldigend: »Aber diese Malefizbetschwestern habn's ja alleweil so eilig... Ich meinert halt, wenn's gar so arg wär', sowas tät eine so eine rechtliche Person wie Du nicht zulassen...«

»Na, gor it aa, Hochwürdn! Gor it aa,« bestätigte ihm die Amrainerin und es wurde eine lange Unterhaltung.

»Noja, es wär' natürlicherweise besser, wenn die Dirn aus'm Haus wär',« meinte der Pfarrer... »Da z'reißt sich das ganz' Dorf 's Maul, aber, mein Gott, jetzt ist's halt amal passiert...! Und wenn sonst gar nichts mehr vorkommt?« Er schaute die Amrainerin, der dieses Rasten wohl tat, gut an: »Mein Gott, ich sieh's enk ja an, Amrainerin... es is a Kreuz mit dö jungn Leutln.«

»Na, Hochwürdn, vorkemma tuat sunst gor nix! Radikal nix! D'Dirn, dös Ziefer (Ungeziefer) hot –« wollte die Altbäuerin zu schimpfen anfangen, aber der Geistliche schnitt ihr geschickt das Wort ab und versetzte nachdenklich: »Mein Gott, wenn a so a arm's Würmerl auf d' Welt kommt...«

Alle zwei schwiegen sekundenlang. Verhuzelt und gebückt saß die Amrainerin da, in sich gekehrt der Pfarrer. Die Sonne stand schräg in der Stube. Im Hof draußen gackerten etliche Hennen. Still war's.

»Da Sepp sogt: Werd's a Bua oder a Madl, der Hof soit (soll) eahm g'hörn,« sagte die Amrainerin.

»So...? Das is schön von ihm,« lobte der Pfarrer, zufrieden über eine solche Lösung.

»Heiratn tuat er nia net, der Sepp... Und mit der Dirn, sogt er, do werd' er scho fürti,« sagte die Amrainerin wiederum und war auch froh, daß der Pfarrer es gut fand. Geruhig unterhielten sich die zwei noch und zuletzt war es, als wär' alles bloß ein zufälliges »auf den Heimgarten kommen« gewesen.

»No,« sagte der Pfarrer, als er endlich aufstand und der Bäuerin die Hand drückte: »No Amrainerin, wir werdn auch 's Leben nimmer so lang habn... Die Jungen werden schon, wenn's amal so in die Jahr kommen. Unser Herrgott richt't die Geschicht schon...« Er ging durch die Kuchl.

»Und rackert's doch net gar a so, Amrainerin,« sagte er noch einmal. »Ihr habt's enk plagt gmua im Leben! Sollen die Jungen schauen, wie's weiterkommen.«

Der Lochbichler sah ihn über den Buckel hinunter auf die Straße gehen.

»Jetz do schaug,« sagte er zu seiner Alten: »Do schaug! Der hochwürdige Herr is beim Amrainer g'wen...! Ob er eppa glei gor dös Saumensch, d'Dirn, heiratn mächt, der sell dappi' Sepp?«

»Oder eppa aushaun (hinausschmeißen)... Dös waar dös gscheiter,« meinte seine Alte. Voller Entrüstung setzte sie dazu: »Dös Saumensch, dös drecki! Der Sepp hätt' ihr doch seiner Lebtog nix wuin (wollen), wenn's 'n it soweit brocht hätt'... Do wett' i doch mein' Kopf, daß der Sepp do recht saudumm einitappt (hineingefallen) is!«

So ungefähr war die Meinung im ganzen Dorf. Die Lies' war die Schlechte. Vielleicht, weil sie allen Bauerntöchtern die Hoffnungen auf den Amrainer-Sepp geraubt hatte. Der Sepp war der Bedauernswerte. Vielleicht, weil er überhaupt ein Mannsbild war, und dann wohl auch, weil man ihm sowas nicht zutraute. Aber, daß trotzdem die Dirn auf dem Hof blieb, das verstand kein Mensch. Das war anrüchig.

Es fing zu herbsteln an. Eines Tages gab es in Besenberg ein Aufsehen. Die frisch gewichste Chaise stand vor dem Amrainerstall und einstiegen – der Sepp und die schon sehr umfänglich gewordene Dirn. Der Sepp half ihr sogar aufsteigen. Alsdann fuhr er in frischem Trab durchs Dorf und weiter auf der Trostinger Straße.

»Jetz hot er's doch losbrocht!« meinten die Leute. Hingegen, daß er dieses »Saumensch« noch so glanzvoll mit der Chaise wegfuhr, das gab zu denken. Das sah nicht aus, als wenn man mit Krach auseinandergegangen wäre. Selbstredend machte sich jedes einen anderen Vers drauf. Aus dem Hansl, den man ausfragte, brachte man auch nichts Rechtes heraus.

Ende Oktober fing es schon zu schneien an, dieses Jahr. Zum Amrainer kam keine neue Dirn hin. Ruhig lief die Zeit dahin. Langsam verlor sich das Interesse an dem, was dort passiert war. Die Liesl war bald vergessen.

»I glaab oiwai, er hot's an guatn (im Guten) ausgmacht, der Sepp... Er werd am End' der Dirn wos zoit (bezahlt) hobn, daß er a Ruah hot,« verbreitete man sich im Dorf, wenn das Gespräch zufällig wieder auf die Liesl kam.

»Noja, es is ja aa a ganzer hitzigs Weibsbuid g'wen, d'Liesl... Mei Liaba, i glaab, dö wenn er it o'gfundn (abgefunden) hätt', der Sepp, dö waar an Stand g'wen und hätt' eahm 's Lebn saur gmacht,« meinte der Leerbacher-Toni einmal beim Unterbräu in Weimberting. Der Jani, der Bolwanger, der Lochbichler hockten da.

»Jaja, kunnt'st (könntest) schier recht hobn ... A so werd 's sei,« pflichtete ihm der Jani bei und wandte sich halb spöttisch an den dröselnden Bolwanger: »No! No wos is's, Boiwanga! Jetz kunnt'st es ja wieder probiern mit der Marie!« – Der aber verzog sein furchiges Gesicht griesgrämig und schütelte den Kopf: »Nana, nana, der Sepp is net zon (zum) Derwischn ... Der heirat' jetz erst recht nimma ... Und überhaaps – jetz waar's aa scho z'spat, mei Marie heirat' an andern.«

»An andern? Ja wen denn? Do hot ma ja nu nia wos g'härt?« wurde der Jani neugierig.

»An andern hoit ...! Dös werd's nu früah gmua derfahrn,« verriet sich der Bolwanger nicht. Derweil aber – *wen* heiratete die Marie schon? Einen windigen Monteur von den Überlandwerken. Weit weg kam sie. Ganz verschwiegen ging die Hochzeit vonstatten.

Um dieselbige Zeit fuhr der Sepp einmal in die Stadt. In der Frauenklinik war die Marie mit einem festen Buben niedergekommen. »Joseph Antlsberger« wurde er getauft, der eingetragene Vater hieß »Joseph Lederer«.

Etliche Wochen darauf kam zum Entsetzen der Besenberger die Liesl mit ihrem Kind wieder auf den Amrainer-Hof. Hinum und herum schossen die Mutmaßungen. Es war, als hätte man in ein Hornissen-Nest gestochen, so gach flog das Brummen, das Übelreden und Geschimpf um das Amrainerhaus.

»Ja wie denn? – Ja was denn? – Ja, Herrgott, was soll denn da gespielt werden?« verunruhigte sich das Dorf.

»A so a hirndamischa (hirnverbrannter) Teifi, der Sepp!« höhnten die Mannsbilder: »Jetz hot ma gmoant (gemeint), er packt's ganz schlauch (schlau) o, und bringt dös Weiberts los! Derweil nimmt er's wieder auf! Mei Liaba, mei Liaba, is Dir dös a Rindviehch!«

»Und wia nu grod dö oit Amrainerin an solchem Saustoi duid (Saustall duldet)!« sagten die Weiberleute. Schier außer Rand und Band geriet man. Keiner aber wußte, was das noch werden sollte.

Keiner?

Doch einer wußte, – außer dem Sepp, der Liesl und der Amrainerin – alles: Der Justizrat Rosenzweig in München. Nämlich zu ihm war der Sepp gleich nach der Geburt des Buben gekommen. Kreuzfidel und ganz verändert.

»So, Herr Justizrat, so! Jetz kriagt d'Brandversicherung nix mehr! Koan Pfenning it!« hatte er fast gejubelt: »Jetz bleib i der Herr an Hof und – sie kinna (können) mir doch it o (mir doch nichts anhaben)!«

»Geheiratet und vorher der Frau alles überschrieben?« fragte der baffe Anwalt und wurde noch baffer, als der Sepp den Kopf schüttelte.

»Nicht! Tja, wie denn? Was denn? Erzählen Sie!«

»Jetz loßt mei Muatta dös ganz' Sach an Grundbuachamt aufs Kind überschreibn und aus is's... D'Dirn kriagt zwoatausad Mark und is z'frieden damit... Boi's (sobald sie) an andern Plotz hot, geht's,« lachte der Sepp listig.

»Tja? Ja, das ist natürlich auch ein Ausweg! Hm,« sagte der Anwalt und musterte den aufgekratzten jungen Bauern: »Das haben Sie besser gemacht, wie der beste Anwalt!«

»Aba a harter Handl is's g'wen! Bluati (Blutig) hart is er g'wen!« schloß der Sepp.

Erst viel später, als die Liesl schon fast ein Jahr auf dem Buchhof eingestanden war, erfuhren die Besenberger das Richtige. Die Brandversicherung ging wirklich leer aus. Der Sepp war der Herr im Haus – sein Bub der eigentliche Erbe.

Nach anderthalb Jahren friedsamsten Zusammenlebens starb die alte Amrainerin. »Joseph Lederer« hieß jetzt der Bub. Sie hatten ihn – wie man im Dorf sagte – der Liesl regelrecht abgekauft.

Die Liesl kam hin und wieder zu Besuch. Der Sepp begegnete ihr offen, ohne Feindschaft. Auch sie hatte sich abgefunden mit dem Geschehenen.

Heut steht der Amrainerhof als der schönste in Besenberg. Elektrisch drischt man dort, elektrisch schneidet man das Gsott, zentrifugiert die Milch und buttert so. Neue Maschinen hat der Sepp. Sauwohl ist ihm und die ganze Welt lacht er aus.

»Der...? Der is heller ois wia der best' Avikat,« sagt man von ihm. Einen seltsamen Respekt genießt er, denn so ist's doch immer auf der Welt: Nur der Sieger gilt etwas, mögen auch die Mittel, mit denen er zu seinem Ziel gekommen ist, noch so dunkel und ungrad' sein.

Der kleine Amrainer-Bub wird es leicht haben. Er braucht nicht solch verschlungene Wege zu gehen, um ein Recht, das sich ihm hindernd entgegenstellt, zu seinen Gunsten umzubiegen...

ENDE

Anhang

Kurz vor Erscheinen der Fortsetzungen des Romans »Der harte Handel« in den »Münchner Neuesten Nachrichten« brachte diese für München wichtigste Zeitung zwei Oskar Maria Graf-Texte heraus:

(I) eine hier erstmals nachgedruckte Kurzgeschichte von Graf mit in Hinblick auf den Roman markant anderem Adjektiv im Titel (»Der gute Handel«). Sie fasst den Ausgangspunkt des Romans knapp zusammen. Graf nahm sie in keine seiner späteren Erzählsammlungen auf,

(II) die Einführung des Autors in den Roman am Tag vor Beginn der Fortsetzungen.

(I)

Der gute Handel[1]

Eine Bauerngeschichte nach einer wahren Begebenheit

Von Oskar Maria Graf

Es war eine frische, mondhelle Märznacht. Ganz ausgesternt wölbte sich der blanke Himmel, rundum auf den schneefreien, aufkeimenden Feldern stand ein dünner Dunst und es roch kräftig nach Dung und feuchter Erde.

Auf dem schmalen, ausgefahrenen Feldweg, der von Weimberting nach Besenberg durch leicht hügelige Äcker führt, ging der baumlange Amrainer-Sepp, mit seinem richtigen Namen Josef Lederer,

---

[1] An einem Sonntag, den 14. Februar 1932, erschien in Nummer 43 der »Münchner Neuesten Nachrichten« die folgende Geschichte auf der ersten und zweiten Seite »unterm Strich«, wo philosophische, lyrische, literaturwissenschaftliche und belletristische Beiträge von namhaften, auch heute noch bekannten Autoren, standen.

torkelnd heimwärts. Allem Anschein nach war er sehr ärgerlich, denn er stieß oft und oft seinen dicken Weichselstecken fest auf den Boden und knurrte dabei grimmig vor sich hin: »Und grod mit Fleiß mog i it! Grod mit Fleiß it!« Er war beim Unterbräuwirt in Weimberting gewesen und hatte ihm ein schlachtbares Kalb angeboten. Ein zäher und schandmäßig schlechter Handel war daraus geworden. Der knikkerige Wirt nämlich war immer und immer wieder von der eigentlichen Sache abgewichen, hatte dem Sepp eine Maß Bier um die andere aufgeschwatzt und dabei den Preis des Kalbes unglaublich tief heruntergedrückt. Die Amrainers von Besenberg aber waren von jeher weit und breit als sehr geldgierige, äußerst sparsame Leute bekannt und der Sepp galt als der knauserigste von ihnen. Er mußte in einem fort an das sinnlos ausgegebene Geld denken. Sei Kopf war bierschwer, sein Hirn dumm und stumpf, sein Magen rumorte, er rülpste mitunter und verfluchte den erbärmlichen Stand des Bauern in jetziger Zeit, verfluchte das Kalb, die ganze heutige Weltordnung, aber die meiste Wut hatte er doch auf diesen fetten, schlitzäugigen Unterbräuwirt. Während des ganzen Schacherns nämlich hatte dieser ewig so verfängliche, spöttische Fragen an ihn gerichtet, zum Beispiel, warum er – der Sepp – mit seinen vierunddreißig Jahren noch immer keine Courage zum Heiraten habe, wo er doch einziger Sohn und Erbe des fast schuldenfreien Hofes sei? Wo es doch rundherum schwer-geldige Bauerntöchter grad genug gebe und wo doch die alte Amrainerin gottesfroh wäre, wenn sie endlich übergeben könnte.

»Jetzt hot dir doch d' Brandversicherung scho dein' neun Stoll herbaut! ... Und wennst d' jetz an Batzn Geld derheirat'st, kun'st d' doch dei' Anwesn leicht richtn lossn!« hatte der neugierige Wirt einmal beiläufig hingeworfen und ganz frech noch viel spöttischer dazugesetzt: »Du wart'st g'wiß, bis dir 's Haus aa no niedabrennt, daß dir d' Versicherung dös aa no neu bau'n muaß?« – –

Der Sepp kam jetzt auf der Besenberger Höhe an und blieb stehen. »Sauwirt, windiga!« brummte er mürrisch und schaute rundum. Alles war tot und still. Der hohe Mond verbreitete eine ungewöhnliche Helligkeit und drunten in der flachen Mulde tauchte das weitläufige Dorf Besenberg auf. Gleich das erste Bauernhaus mit dem neuen Stadel daneben, das war der uralte Amrainerhof. Er lag ungefähr wurfweit vom eigentlichen Dorf entfernt, langhingestreckt stand er auf dem freien Feld, kein Zaun umgab ihn.

Der Sepp hob sein stoppelbärtiges, hageres Gesicht, prüfte noch einmal wie ein witternder Hund die Umgebung und wurde ruhig. Er sah scharf, immer schärfer auf den neuen Stadel, dann wieder auf das Haus, und seine etwas herausgequollenen, leicht glotzenden Augen wurden belebter. Ein zerschlissenes Lächeln glitt über seine Züge. Er schnaubte und endlich fuhr er mit dem Daumen und dem Zeigefinger in seine linke Westentasche, fingerte eine Weile darin herum und zog nacheinander vier Fünfmark-Taler heraus. Nachdenklich wog er sie in seiner Handmuschel und schien sehr zufrieden zu sein. In diesem Augenblick aber schlug die Besenberger Kirchenuhr dreiviertel zwölf. Das erschreckte ihn ein wenig. Schnell ließ er die Taler wieder in die Westentasche gleiten und ging hastig weiter. Erst kurz vor dem Amrainerhof verlangsamte er seine Schritte. Hinten beim Leerbacher bellte der Hund auf. Der Sepp knirschte und trat von der Straße auf den weichen Feldrain. Vorsichtig ging er dahin, und als er an der feuchten, abgebröckelten Stallwand des Hauses stand, lauschte er angestrengt. Der Leerbacher Hund bellte nicht mehr. Alles schlief. Der Sepp ging schmal an der Wand etliche Schritte weiter und drückte sein Gesicht an das kleine verschmierte Fenster der Knechtkammer, die neben dem Stall zu ebener Erde lag. Etliche Augenblicke überlegte er. Sein Herz schlug. Er spürte es sogar an den Schläfen. Er gab sich einen kurzen Ruck und klopfte sacht an die Fensterscheiben.

»Wastl! He, Wastl!« keuchte er unterdrückt und klopfte schließlich stärker. Drinnen räkelte sich jemand im Schlaf.

»Wastl! He! Aufmach'! I bin's, der Sepp!« wiederholte er dringlicher und endlich bekam er Antwort. Der Knecht kroch mühselig aus seinem Bett und kam auf das Fenster zu.

»Geh weita, mach!« drängte der draußenstehende Sepp und »Ja – jaa, ja ja! Wos is's denn scho wieda?« wimmerte der Knecht und öffnete den einen Fensterflügel. Ihm war schon etliche Tage nicht recht gut und gestern mußte er sich hinlegen, so schlecht war's ihm geworden. Elendiglich jammerte er, der Sepp sollt' ihn doch in Ruh' lassen mit seinem Zeug, das komme ja doch einmal auf und dann – –

»Ah! Red doch it! Mach auf! Geh weita!« ließ der Sepp nicht locker und nach einigem Hin und Her kam der Knecht dann doch an die hintere Stalltür und ließ den jungen Bauern hinein zu sich.

Gutding eine Stunde hockte der Sepp am Bett des jammernden Knechtes. Mit einem Fünfmarktaler fing das Handeln an. Beim dritten Taler noch meinte der kranke Wastl, er mag nicht mehr, wenn es aufkomme, komme er ins Zuchthaus und – überhaupt, ihm sei so miserablig schlecht, wenn das nicht besser werde, gehe er in das Krankenhaus. Beim vierten Taler endlich bekam der Sepp das Übergewicht.

»Dei’ Krankheit is ja doch dös best’ Alibi!« sagt er zum Wastl, und wenn er erst einmal auf dem richtigen, neugebauten Haus Bauer sei, er wisse was Pflicht und Schuldigkeit sei. Alle vier kalten Taler drückte er dem fiebernden Knecht in die heiße Hand.

»Wastl, i vergiß dir’s nia! Deiner Lebtog it!« schloß er warm und einnehmend. Alsdann schlich er durch den Stall in seine Schlafkammer hinauf –

In der darauffolgenden Nacht – – in Besenbach und beim Amrainer schlief alles ruhig und tief – fing auf einmal hinten in der Tenne das Knistern an. Schnell schlug das Feuer durch das dürre Dachgebälk, die erhitzten Ziegel zersprangen und fielen krachend herab. Als dann die hellichte Flamme zum Dachstuhl hinaus loderte, plärrte der Leerbacher durch das offene Ehekammerfenster: »Brenna tuats! Brenna tuats!« Die Leute schreckten aus dem Schlaf und rannten daher. Ganz Besenberg lief zusammen. Die Kirchenglocken fingen zu läuten an und bekamen allmählich Antwort von den umliegenden Dörfern. Die Feuerwehr rückte aus und war machtlos. Ein Höllenlärm umfing das brennende Haus. Mit der Nachtjacke, im Barchentunterrock, zerzaustem Haar und verschrecktem Gesicht kam die alte Amrainerin auf den Hof gelaufen, die Dirn sprang von der Altane herab und verstauchte sich den Fuß, mit knapper Not konnte man den kranken Knecht aus seiner qualmenden Kammer erretten, denn irgendjemand hatte die Stalltüren aufgerissen, das Vieh abgehängt, und dieses rannte wie wildgeworden ins Freie. Die Rösser jagten in die weite Dunkelheit, die Kühe liefen brüllend ins Dorf, die Säue sausten verängstet in die Nachbargärten und versteckten sich in Büschen und Winkeln. Alles ging drunter und drüber. Die aufgeschreckten Hühner flogen gackernd in der hellen Nacht herum, die Weiber schrien und weinten, die Männer stritten und reagierten kopflos und als endlich die Weimbertinger, die Freiselbacher und Trostinger Feuerwehren auf den Platz kamen, war der ganze Hof nur noch ein lodernder Feuerhaufen.

»Ja, Himmikreizherrgott, wo is denn eigentli der Sepp! Der Sepp?!« schrie der Besenberger Feuerwehrhauptmann Lochbichler die weinende Amrainerin an, und auf einmal fragten alle so stürmisch, auf einmal wollte es jeder wissen als hänge davon alles ab. Und da erfuhr man, der Sepp sei heute am Nachmittag nach Freising, um ein Roß zu kaufen.

»Z'Freising? …. Und dahoam brennt d'Sach!« schimpfte der Lorinser: »Der is guat!«

Und der Bernlochner meinte: »No, do kunnt' er doch scho lang z'ruck sei … Hm, ausg'rechnat wenn's brennt, is er beim Roßkaaffa!« Es war zwar nicht weiter argwöhnisch gemeint, es kam bloß von der allgemeinen Aufregung, aber einige faßten dabei doch ein Mißtrauen. Als aber der Sepp später dann ankam mit einem fetten Grauschimmel, war's dann doch viel anders, denn der junge Bauer wurde ganz verstört über das Unglück. Er fing sogar zu weinen an und jeder Mensch hatte ein aufrichtiges Erbarmnis mit ihm. Der Lochbichler war der erste, der zu ihm sagte: »Noja, Sepp, es werd' in Gottesnama scho wieda werd'n! … D'Besenbacha hab'n nu nia an Besenbacha in Stich lass'n!«

Der Sepp faßte sich wieder ein wenig, aber er war wie zerbrochen. Er, seine alte Mutter und die Ehhalten nahm man beim Leerbacher auf. Das Vieh wurde eingefangen und in den Nachbarställen untergebracht. Die Feuerwehren zogen endlich ab und machten, wie das zur Üblichkeit gehört, in Weimberting beim Unterwirt Einkehr. Da gab es Freibier, ein ganzes Faß. Durst hatten die Leute, massig Durst. Und selbstredend wurden sie mit der Zeit auch lustig. Bei dieser Gelegenheit ließ der Unterbräuwirt Worte fallen, die allgemein als sehr unangebracht empfunden wurden. Er sagte etwas vom guten Versichertsein beim Amrainer und warf ziemlich hämisch hin, jetzt, wenn alsdann der Hof neu aufgebaut würde, heirate der Sepp sicher. Das verstimmte.

»Pfui Teifi!« schrie der Lochbichler mannhaft und warf dem Wirt etliche Grobheiten ins Gesicht: »Pfui Teifi! … I tat ma Sünd'n fürcht'n, a so daher z' redn! I tat mi schaama, wenn anderne a solchers Unglück hob'n, no schlecht davo z'redn!« Und er hatte sofort alle für sich. Der Wirt kam schier in Bedrängnis.

Ob er vielleicht ein schlechter Kerl sei, der Amrainer-Sepp, meinten etliche, und wiederum der Hoazbaur von Freiselfing fragte, ob er vielleicht von Freising das Feuer hätte herblasen können, der Sepp? Am Nachmittag sei er weg und um 10 Uhr in der Nacht hätt's zu brennen angefangen?

Kurzum, recht ausfällig wurde man gegen den vorlauten Unterbräuwirt und da erzählte der, wie der Sepp vorgestern beim Kälberhandel komisch dreingeschaut habe, als er – der Wirt – ganz beiläufig sagte, ob er vielleicht gar mit dem Übernehmen und Heiraten warten wolle, bis das alte Haus auch noch niederbrenne und von der Versicherung neu gebaut würde.

»I red net einfach daher, aba wos i siehch und här, dös sell hob i gsehng!« wehrte sich der Wirt. Und da freilich wurden etlich nachenklich. Jeder in der Stube beruhigte sich. Keiner hingegen verlor ein ehrabschneiderisches Wort über den Sepp. Bloß der Hebersberger von Trosting meinte nebenher: »No ja, 's Knausern und 's Geizisei ist ja scho ewi dahoam beim Amraina z'Bes'nberg!« Das war alles.

Es ging alles in seiner Ordnung. Die Versicherung zahlte ihre runden 29 000 Mark aus und der Amrainerhof erstand neu. Der Sepp half überall mit und war in einem Eifer. Die Besenbacher taten ein übriges. Der Leerbacher fuhr ihm billigen Sand aus seiner Sandgrube her, vom Lindlschen Sägewerk in Trosting kam das Holz in Brettern und Balken, zu dem der Lochbichler und der Pointner beigesteuert hatten. Nach kaum zwei Monaten war dann eine fidele Hebein (Hebefeier) und dabei zeigte sich der Amrainer-Sepp einmal nicht knauserig. Er stiftete einen halben Hektoliter Bier. Er selber war fast der Munterste dabei.

Als das Haus neu und frisch dastand, ließ schließlich auch der Sepp mit sich reden.

»Jaja, Muatta, i heirat scho, aba nur langsam ... Sowos loßt si doch net über's Knia obrecha« meinte er, wenn ihm die alte Amrainerin solcherart zuredete. Er schien auch langsam herumzuschauen nach einer passenden Hochzeiterin.

Um dieselbige Zeit kam auch der Wastl, der eine Lungenentzündung bekommen hatte, aus dem Krankenhaus und konnte selbstredend wieder einstehen beim Amrainer. Indessen, der Knecht nahm sich jeden Tag mehr heraus und da kam er zur alten Amrainerin unrecht. Nach etlichen Streitereien sagte sie ihm kurzerhand den Dienst auf. Das verwirrte sonderbarerweise den Sepp sehr. Der Amrainerin war es auffällig, daß er dem Knecht so beistand und absolut gegen das Ausstellen war. Doch die alte Amrainerin hatte von jeher einen eisernen Kopf. Sie gab nicht nach. Starrköpfig blieb sie dabei, am anderen Sonntag konnte der Wastl gehen.

»Herr auf'n Hof bin oiwai nu i ... Und i sog, der Lakl kon geh'!«

wies die Altbäuerin den Sepp zurück, als er's ein letztes Mal mit dem Einlenken versuchte. Scharf sah sie ihm in die Augen und meinte: »Schaugt ja nett aus, wennst du für den Hallodri bist und eahm mehra glaabst ois wia mir ... Raus muaß er, sog i! Raus, auf der Stell!« Der Sepp zog, wie man sagt, den Schwanz ein und sagte gar nichts mehr.

In der Frühe am Sonntag ging der Wastl ins Hochamt nach Weimberting, hernach suchte er ein Wirtshaus um das andere auf, soff sich einen hübschen Rausch an und kam zuletzt zum Unterbräu in die Stube. Er hockte sich keck zwischen die ruhigen Bauern und tat sehr laut. In das aufsässige Fluchen kam er mit der Zeit und stieß ab und zu unverständliche Drohungen heraus. Einige verbaten sich dieses saudumme Geplärr.

»Hoho! Hoho!« schrie der Wastl jetzt erst recht: »I bin nu koan was schuldi bliebn! I zoi mei Bier wia jeda andere und brauch' auf gor koan aufpassen!«

»'s Mäu hoit, bsuffers Wogscheitl, bsuffers!« kam der Hegerlpeter in Harnisch und machte fuchtige Augen: »Dein' Schnobi hoit, sünst hau i di glei no aussa aus dein' Röckel!« Alle rund um den Tisch wurden immer aufgebrachter und als der Unterbräuwirt den frechen Kerl wegschieben wollte, stand der hart auf und schrie laut: »So! So, Baurn, jetz geh i auf Freiselfing umi a d' Schandarmerie und morgn hoin's an Amrainersepp, daß ös wißt's! Guat Nacht beinand!« Er schwankte, rülpste und alle starrten ihn einen Moment lang sonderbar an. Ehe aber einer was dagegen sagen konnte, drängte sich der Wastl aus dem vollbesetzten Tisch und ging. Stockstumm blieb es noch eine ganze Weile. Jeder glotzte.

Alsdann sagte der Unterbräuwirt doch eine wenig unterirdisch triumphierend: »No, i glaab oiwai, i hob doch recht g'habt ... Paßt's nu auf, wos ma doch no für a Sauerei derlebn ... Jetz geht's um Haut und Krogn beim Amraina-Sepp!«

»Holla! Olla! A so is also dö Gschicht!« begriff der Lochbichler und jetzt fing jeder zu reden an.

Am anderen Tag wurde der Amrainersepp verhaftet. Das gab im ganzen Gau ein Aufsehen. Etliche Monate später fand die Verhandlung vor dem Schwurgericht in München statt. Der Sepp und der Knecht, alle zwei waren geständig. Der eine blieb im großen und ganzen sachlich, der andere benahm sich kläglich, wimmerte und weinte und beteuerte in einem fort. Viele Leute aus der Besenberg-Weimbertinger Pfarrei waren im Gerichtssaal, und man rechnete es dem Sepp hoch an, daß er mit solchem Nachdruck betonte, seine alte Mutter habe mit der ganzen Geschichte nichts zu tun, sie sei ganz und gar unschuldig. Fast aufdringlich oft wiederholte er in einem holperigen Schuldeutsch: »Ich möcht' schon sagen, Herr Richter, meine Mutter hat nie nichts gewüßt von ünserer Lumperei! Radikal gor nix!« Er hätte es gar nicht so hitzig zu machen brauchen. Es stellte sich sowieso einwandfrei heraus.

Wegen Brandstiftung bekam also dann der Knecht Sebastian Kögl, wie sich der Wastl schrieb, ein Jahr und neun Monate Zuchthaus und drei Jahre Ehrenverlust. Der Amrainersepp erhielt drei Jahre Zuchthaus und ebensolang Ehrenverlust.

»Versicherungsbetrug aber,« hieß es in der Urteilsbegründung, »kann deshalb nicht in Frage kommen, weil die derzeitige Besitzerin des Amrainerhofes, die Brandleiderin und Mutter des Angeklagten Josef Lederer, Bauerswitwe Kreszenzia Lederer von Besenberg, von dem Werk der beiden Angeklagten nichts wußte.«

Nachdem der Sepp diesen Satz gehört hatte, schnaufte er sichtlich auf und sein bis dahin benommenes Gesicht wurde ruhig. Er schaute flüchtig nach seiner alten weinenden Mutter und schien weiter nicht erschüttert zu sein. Um den mitangeklagten Knecht kümmerte er sich nicht im geringsten. Er war für ihn völlig Luft. Sicher überschlug er sich als knauserig rechnender Mensch insgeheim alles genau und war zufrieden: Für vier Fünfmarktaler hatte er einen neugebauten Bauernhof erwirkt. Der blieb ihm ja doch zum Schluß. Ein solcher Handel war besser wie der damalige mit dem Kalb beim Unterbräuwirt in Weimberting. Deswegen wünschte der Sepp auch das Wort nicht mehr am Schluß. Aber als ihn der Polizist abführte, sagte er zu diesem fast keck: »Noja, drei Jahr san aa koa Ewigkeit! Nachha kimm i doch in aran saubern Hof nei …«

(II)

Der harte Handel[2]

Am Mittwoch beginnen wir im Romanteil der »M.N.N.« mit der Veröffentlichung des Romans »Der harte Handel« von Oskar Maria Graf. Im folgenden macht der bekannte Münchner Dichter einige einführende Bemerkungen zu dieser seiner neuesten Arbeit.

Wenn ich darauf antworten soll, was für den Inhalt aller meiner Romane und Geschichten die hauptsächlichste Anregung war, so könnt' ich nur sagen: »Der Gerichtssaal«.

Hier, wo der Mensch ausgeliefert dasteht und um sein Recht kämpft, wird er oft in der kleinsten Geste, in einem Gesichtszug, in einer einzigen nebensächlichen Bemerkung ganz sichtbar. Die alltäglichen Dinge, die dort verhandelt werden, haben sich für mich meistens als sehr ergiebig erwiesen. Sie gingen mir nach – oft jahrelang. Sie blieben haften. Irgendeine kleine auffrischende Erinnerung weckte sie zu neuem Leben, das alles verdichtete sich mit der Zeit und ließ mir keine Ruhe mehr.

Ich fing an, derartige Geschichten niederzuschreiben, ich wollte mir Klarheit verschaffen und geriet gerade durch dieses Nachdenken immer tiefer in das Gestrüpp menschlicher und zuständlicher Irrnisse. Auf ein-

---

[2] Am Dienstag, den 8. März 1932, druckte Nummer 66 der »Münchner Neuesten Nachrichten« auf Seite drei die folgende Einführung Grafs zu seinem Roman, dessen Fortsetzungen ab dem 9. März jeweils am Kopf einer Seite im Anzeigenteil der Zeitung standen. Graf hatte schon 1925 zum Fortsetzungsdruck seines Buches »Die Chronik von Flechting« in der »Münchner Post«, der Zeitung der Münchner SPD, einen ähnlichen Vorspann geliefert (vgl. das Nachwort von Ulrich Dittmann zum Neudruck der »Chronik von Flechting« in der Reihe edition monacensia, München 2009, S. 173–175).
Dass sieben Jahre später – als auch das »Notizbuch des Provinzschriftstellers Oskar Maria Graf 1932« (vgl. dessen Neudruck in der Reihe edition monacensia, München 2011, S. 7) mit düsteren Vorahnungen erschien – die eher konservative, den vom Autor befürchteten Tendenzen nahestehende Zeitung seinen Roman veröffentlichte, zeigt wie sehr man ihn allseits schätzte. Immerhin hatte Graf einen fortsetzungsweisen Nachdruck von »Wunderbare Menschen« im August/ September 1928 an die »Neue Zeitung. Organ der Kommunistischen Partei Deutschlands (Sektion Kommunistische Internationale)« vergeben.

mal nämlich wurde hinter der Tatsache, daß dies so und nicht anders geschehen konnte, die L a n d s c h a f t lebendig, der Kreis, in welchem die Menschen von Geburt auf lebten und wirkten. Auf einmal verbreiterte und vertiefte sich das Geschehnis wie von selbst. Zur Tat kam die verborgene Ursache, zur Ursache kamen die Verhältnisse und schließlich stand ich vor einem ganz anderen Ausgangspunkt. Was zuvor eine rein tatsächliche Geschichte gewesen war, nur abhängig vom äußeren Geschehnis – das ließ mich jetzt nicht mehr zufrieden. Eines Tages setzte ich mich auf den Zug oder auf den Hintersitz eines Mototrades, das ein Freund lenkte, und fuhr in die Gegend, wo sich meine Geschichte zugetragen hatte.

Meist war's ein Dorf im bayerischen Flachland zwischen Isar und Inn. So von Grafing ins Rosenheimische oder in die Wasserburger Viertel führte mich mein Weg. Als geborener Flachländer blieb mir das Gebirge immer fremd. Weiß Gott warum! Ich habe in meinem Leben noch nie einen Berg bestiegen und werde es wohl auch nie mehr tun. Ich war ganz selten da droben und es zieht mich auch nie dahin. Es kommt mir vor, als sei der echte Bauer nur im Flachland und es ist wohl auch so. Wenn ich die weitläufigen Dörfer ansehe und mich in ihnen zeitweilig niederlasse, wenn ich die Menschen bei der Arbeit oder im Wirtshaus, in der Kirche oder auf dem Markt, in ihrem Lieben und in ihrem Hassen erlebe – dann erst werden meine Geschichten (ums recht zu sagen) zeitig.

Auch mein nunmehrig in den »Münchner Neuesten Nachrichten« erscheinender Roman »Der harte Handel« war einmal nichts anderes als ein Begebnis aus dem Gerichtssaal. Fast zwei Jahre lag diese kurze Geschichte da. Immer wieder stieß ich darauf und immer wieder drängten sich – während ich so durch das hügelgewellte Grafing-Wasserburgische Land zog – neue, unumgänglich notwendige Sinngebungen dazwischen. Auf einmal war das Fundament gesprengt, auf einmal mußte der Bau von vorne angefangen werden. So ist schließlich aus dem kleinen Geschichtchen, das vor einiger Zeit im Feuilleton der »Neuesten« erschien, aus dem jahrelang mich beunruhigenden Stoff ein Roman geworden. »Der gute Handel« hieß jenes Begebnis – nun ist's ein »harter«.

Hart und herb, wie unter Bauernleuten, die unverlogen von Geburt bis Tod ihr Leben verbringen, so geht's darin zu. Nicht etwa so, wie der Sommerfrischler unser Landvolk anzusehen beliebt, sind die Gestalten. Das Ausschlaggebende für mich ist immer noch gewesen: Menschen hinzustellen, die ganz wirklich sind; durch die Darstellung des wahrhaft Echten ein glaubhaftes Gleichnis zu geben.

Nachwort

Bevor der Leser in die Lektüre der Handlung einsteigt, begegnet er zwei Begriffen, mit denen sich der Autor in seiner Zeit positioniert: Er stellt klar, wo sein Werk steht und in welchen Zusammenhängen es gesehen werden soll. Die beiden Begriffe sind

a) die Gattungsbezeichnung »Bauernroman« und

b) die in der Vorbemerkung formulierte Ablehnung der »Information«.

Was ein heutiges Publikum kaum aufhorchen lässt, besaß zeitgenössisch erheblichen Signalwert. Und weil den Literaturwissenschaftlern die Aufgabe zufällt, auf Kontexte hinzuweisen, die bei einer auf Spannung konzentrierten Lektüre übersehen werden könnten, sollen anhand der beiden Begriffe die Eigenheiten des Romans erläutert und Hinweise zur Lektüre gegeben werden: Man würde sonst den Autor in seiner Zeit und damit Qualität und Geltung des Werkes verfehlen. Von der Spannun g beim Lesen geht dabei nichts verloren und das Buch gewinnt an Zeugniswert für unsere deutsche Geschichte.

Nach den eher milieuorientierten Begriffen »Dorfroman« im Untertitel für »Die Chronik von Flechting« und den »Kalendergeschichten[...] vom Land« und »aus der Stadt« knüpft Graf mit der berufsspezifischen Gattungsbezeichnung »Bauernroman« an eine Hochkonjunktur des Begriffes »Bauer«[3] an. Hitler hatte den »gesunden Bauernstand als

---

[3] Adolf Hitler: Mein Kampf, Band I, 36. Auflage, München 1936.
Dass hier in Kontexten der Fiktion aus einem politischen Programm zitiert wird, hat seine Berechtigung durch einen der widerwärtigsten, ebenfalls in Bayern spielenden NS-Bauernromane: Felix Nabor [Pseudonym für Carl Allmendinger (1883–1946)]: Shylock unter Bauern, Berlin 1935. S. 8 zitiert mit Quellenhinweis in einer Fußnote eben diesen programmatischen Satz gesperrt im fiktiven Kontext und lässt ihn auch später immer wieder durch die Figuren zitieren: Er bildet – wie ein Bibelzitat für eine Predigt – das Fundament der Blut- und Boden-Bauernromane.

Fundament der gesamten Nation«[4] bestimmt und für eine entsprechende Aufwertung auch in der Literatur gesorgt: Zwar war diese durch die seit 1900 in Deutschland anwachsende »Heimatkunstbewegung« mit ihrer dezidierten Abwendung von der »Asphaltliteratur« der Großstadt angebahnt und hatte besonders von Süddeutschland aus durch die Werke von Ludwig Thoma (1867–1921) und Lena Christ (1881–1920) schon weite Anerkennung gefunden; aber die eigentliche, mit einer »völkischen Umprägung«[5] Hand in Hand gehende Hochzeit der Gattung liegt statistisch markant ansteigend in den Jahren von 1919 bis 1938: »Die Produktionsziffern der Bauernromane entwickelten sich zur Zeit der Weimarer Republik analog zum Stimmenanteil, den die Rechtsgruppen [...] bei den Reichstagswahlen von 1919 bis 1932 erzielen konnten.«[6] »Liberalen oder linken Parteien«[7] standen nur wenige Ausnahmeautoren nahe, zu denen Ludwig Thoma, Lena Christ, Oskar Maria Graf, Hans Fallada und Adam Scharrer gerechnet werden – eine inhomogene Gruppe, wie die Retrospektive in Grafs später Autobiografie zeigt.[8]

Nach der Machtübernahme und nachdem die Bücher gebrannt hatten, vertrieb das Regime kritische Autoren aus der »Deutschen Dichterakademie«: Von den in dieser elitären Institution verbliebenen linientreu-völkischen Autoren war ein Drittel mit Bauernliteratur hervorgetreten.[9]

In der Literaturgeschichte Hellmuth Langenbuchers, eines hohen NS-Literaturfunktionärs, gilt das erste Kapitel »Volk an der Arbeit«[10] dem »Deutschen Bauerntum« und eröffnet mit dem Abschnitt »Die Einheit zwischen Mensch und Erde«. Die Bauernliteratur entsprach der NS-Ideologie von Blut und Boden. Personen werden »aufs Kreatürliche« reduziert, »auf historische Konkretion und zeitliche Fixierung«[11] wird grundsätzlich verzichtet. Bauern werden realitäts-

---

4 Adolf Hitler: Mein Kampf, S. 151.
5 Peter Zimmermann: Der Bauernroman. Antifeudalismus, Konservatismus, Faschismus, Stuttgart 1975, S. 127.
6 Ebd., S. 159.
7 Ebd., S. 128.
8 Vgl. Zimmermann, Der Bauernroman, S. 128 des Nachwortes.
9 Zimmermann, Der Bauernroman, S. 130.
10 Hellmuth Langenbucher: Volkhafte Dichtung der Zeit, 5., ergänzte und erweiterte Auflage, Berlin 1940, S. 197–250.
11 Zimmermann, Der Bauernroman, S. 141.

fern mythologisiert. Bilder mit Motiven und Szenen aus dem bäuerlichen Milieu trugen in der NS-Zeit wesentlich zur Monotonie der Kunstausstellungen bei.

Das in Grafs »Kleiner Vorbemerkung«[12] erwähnte »Erbhofgesetz«, das für die »Erhaltung des Bauerntums als Blutquell des deutschen Volkes«[13] sorgen und die Bauern durch Verkaufsverbot des ererbten Hofes an die Scholle binden sollte, machte aus ihnen eher Verwalter denn Eigentümer: Sie konnten keine Kredite auf ihr Land aufnehmen, standen also außerhalb des kapitalistischen Marktes.

Vor diesem Hintergrund wirkt die Hauptfigur von Grafs Roman wie ein bewusster Gegenentwurf: Zwar hängt Josef Lederer am Amrainerhof, der, jenseits aller Emotionalität, seine selbstverständliche Lebensbasis ist. Was aber – statt des sonst für die NS-Bauernromane typischen Kampfes mit der Natur – die Handlung des Buches prägt, das sind seine finanziellen Interessen. Er selbst erscheint fast als Gegenteil einer ideologisch prallen Personifikation von gesundem Landleben und harmonischer Volksgemeinschaft.

Gerade den NS-typischen Handlungsmotiven widerstrebt der Amrainer-Sepp: Im Abbrennen des Hofes – traditionell noch immer als »warmes Abtragen« bekannt – sieht er ein Mittel zur Kapitalbeschaffung für dessen Modernisierung. Die Vererbung des Besitzes sichert er durch einen Stammhalter, der sein Leben einer Zeugung verdankt, die jeder Familienmoral spottet. Und bei allen seinen Aktionen weiß er sich juristisch abgesichert durch die Beratung eines Anwalts in der Stadt, den sein Name als jüdisch charakterisiert; das heißt bei Graf sichert der aus dem Hintergrund regieführende Jude, der nach NS-Ideologie die größte Bedrohung des Bauernstand darstellte, alle Aktionen des Sepp Amrainer.

Es gehört zu Grafs Realismus, dass Josef Lederer dabei kaum als Sympathieträger gelten kann, er durch Zeitereignisse wie Inflation und Kriegsfolgen gezeichnet ist und ihn die mütterliche Erziehung prägte. Statt seine Figuren zu heroisieren, unterwirft er sie immer wieder den widrigen Zuständen. Dem zum Nationalhelden verherrlichten Bauern stellt er eine realistische Sicht auf seine Figuren entgegen, selbst wenn die Sympathie der Leser für diese darunter leiden

---

[12] Vgl. Zimmermann, Der Bauernroman, S. 8.
[13] Vgl. http://www.lexikon-drittes-reich.de/Erbhofgesetz (zuletzt aufgerufen am 6. März 2012).

sollte. Im Lebensrückblick schrieb Graf: »Ein kaltes Grauen fiel mich an, wenn ich mir ausmalte, etwa wie Thoma zum allbeliebten bayrischen Nationaldichter aufzusteigen und auf diese Art behäbig mein weiteres Leben abzuleben. [...] Er [Anm. d. Autors: Ludwig Thoma] blieb von Anfang an bis zu seinem Ende auf eine patriarchalische Art mit dem Bauern verbunden und liebte ihn, wie alles, was von ihm kam und ihn umgab. Mir galt und gilt der Bauer schriftstellerisch als Mensch wie jeder andere Mensch, der nur zufällig ins ländliche Leben hineingeboren ist. Abgesehen von seiner Daseinsart, die ihm von seiner Umgebung aufgezwungen wird, ist er das gleiche fragwürdige nutzungs- und triebgefangene arme Luder wie wir alle. Eben deshalb blieb Thoma für mich als literarisches Vorbild unergiebig, um so mehr aber beeinflußten mich in dieser Hinsicht Jeremias Gotthelf und Tolstoj.«[14]

*

Den zweiten der oben hervorgehobenen Begriffe, die aufhorchen lassen, verwendet Graf in seiner »Kleinen Vorbemerkung«. Zunächst gehört diese zu den seltenen und daher umso wichtigeren Hinweisen auf sein schriftstellerisches Selbstverständnis. Des Weiteren verweist der Begriff auf einen damals aktuellen Diskussionshintergrund: Graf stellt dem »toten Material der Information« seine Kenntnisse gegenüber, die er »aus dem täglichen Mitleben« des bäuerlichen Alltags schöpft.

Dass hier eine zeitgenössisch diskutierte Entgegensetzung anklingt, kann kaum dem Zufall zugeschrieben werden. Walter Benjamin, der Ende 1931 Grafs »Bolwieser« und die »Kalendergeschichten« in der »Frankfurter Zeitung« sehr positiv besprochen hatte,[15] galt den Zeitgenossen als einer der prominentesten und anspruchsvollsten Kritiker. Ihn beschäftigte damals intensiv die Frage nach dem Niedergang des Erzählens im 20. Jahrhundert: Einerseits sah er das Erzählen – eine mündliche Mitteilung im sozialen Kontext – durch den auf das Buch fixierten Roman, andererseits durch die Form der Pressemeldungen ausgezehrt und verdrängt. Zwar erschien sein großer Essay

[14] Oskar Maria Graf: Gelächter von außen. Aus meinem Leben 1918–1933. Mit einem Nachwort von Ulrich Dittmann, Reihe edition monacensia, München 2009, S. 224f.

[15] Walter Benjamin: Oskar Maria Graf als Erzähler, in: Walter Benjamin: Gesammelte Schriften, Band III, Frankfurt am Main 1972, S. 309–311.

über den Erzähler erst später, aber Sätze daraus klingen bei Graf an, als gehörten sie zum Gespräch der Zeitgenossen: Benjamin spricht davon, dass die »neue Form der Mitteilung [...] die Information« ist, die den »Anspruch auf prompte Nachprüfbarkeit« erhebt, statt von der »Erfahrung [zu leben], die von Mund zu Mund geht.«[16] Erhält die Information von der Autorität des Mediums Presse her ihre Geltung, so beglaubigt eine Erzählung derjenige, der das Geschehen erlebt hat und es ohne viele Begründungen in Worte zu fassen vermag, das heißt, der seine Erfahrungen mit Personen und Dingen so reiht, dass eine schlüssige, für Zuhörer interessierende Geschichte daraus wird. Nicht umsonst nannte Walter Benjamin im Titel seiner Rezension Oskar Maria Graf einen »Erzähler«, was aus seiner Perspektive einem Ehrentitel gleichkommt – dem Zeitgenossen verliehen für die zeitgenössisch gültige Rettung eines gefährdeten, aber unverlierbaren Gutes!

Ulrich Dittmann

---

[16] Walter Benjamin: Der Erzähler. Betrachtungen zum Werk Nikolai Lesskows, in: Walter Benjamin: Gesammelte Schriften, Band II, S. 438–465. Die Zitate finden sich auf S. 442–445.

Editorische Notiz

»Der harte Handel« erschien 1935 als erstes Buch Oskar Maria Grafs im Exil bei dem 1933 in Amsterdam gegründeten Querido Verlag mit dem Copyright-Vermerk 1934. Dieser Vorlage folgt unsere Ausgabe auch in der Kursivierung betonter Wörter sowie bei den in Klammern nachgestellten Übersetzungen der Dialektausdrücke: Die vorliegenden Neu-Ausgaben haben diese Verständnishilfen – weil sie »den Fluß des Dialogs« stören beziehungsweise nur als Hilfe für »ein internationales Publikum« verstanden wurden[17] – getilgt. Wir halten an ihnen fest, weil sie das im »Bayrischen Lesebücherl« (1924) und im »Notizbuch des Provinzschriftstellers Oskar Maria Graf 1932« praktizierte sprachliche Verfahren des Autors fortführen. Er selbst musste sich kaum um den Erzählfluss sorgen, sondern wollte, dass man seine Figuren in ihrer Besonderheit im ganzen deutschen Sprachraum versteht.

Beim Vergleich mit dem fortsetzungsweisen Vorabdruck in den »Münchner Neuesten Nachrichten« ist das Buch um einige Passagen, vor allem zum Schluss hin, erweitert. Dass örtliche Versicherungen diese wegen der im Text erkannten Anleitung zum Versicherungsbetrug von der Redaktion hatten streichen lassen und auch eine bald folgende, noch in Deutschland gedruckte Buchveröffentlichung verhindern konnten, wird gerüchtweise behauptet.

Der früheste Nachdruck des Exilbuches erschien – durchaus typisch für die Graf-Rezeption nach 1945 – 43 Jahre später, also mehr als ein Jahrzehnt nach dem Tod des Autors. Es wurde nicht in der DDR gedruckt, sondern erschien 1978 im Süddeutschen Verlag, in der Reihe der von Hans Dollinger betreuten »Gesammelten Werke in Einzelausgaben« mit einem Nachwort von Bernt Engelmann.

---

[17] Vgl. die Nachworte von Bernt Engelmann (1978) und Wilfried F. Schoeller (1984) in ihren jeweiligen Ausgaben.

Postskript zur Rezeption

»Der harte Handel« wurde 1978 für das ZDF in Schwarz-Weiß verfilmt und am 31. Juli 1978 erstmals ausgestrahlt. Das Drehbuch schrieben der Regisseur Ulrich Edel und Leopold Ahlsen. Die Hauptrolle spielte Tilo Prückner, die Amrainermutter Maria Singer, den Toni Josef Bierbichler, den Unterbräuwirt Willy Harlander; Kamera Josef Vilsmaier – es waren also berühmte Namen versammelt für eine einprägsame, manche meinen die einprägsamste, Graf-Verfilmung.[18]

*

Nach der Ausgabe des Süddeutschen Verlages brachte die immer noch existierende »Bibliothek Bayerische Rück« in einer vom Büro Aicher, Rotis, durchaus bibliophil gestalteten Broschurreihe »Versicherung in der Literatur« den »Harten Handel« als sechsten Band in einer »unverkäuflichen Sonderausgabe der Bayerischen Rückversicherung AG, München« mit beigelegtem Glossar ohne Jahresangabe (1978) heraus.

Das von Graf erzählte, geschickte Unterlaufen der Versicherungsbedingungen mündete in der Marketingmaschinerie einer Versicherung.

Ulrich Dittmann

---

[18] Sie wird als »Fernsehkriminalspiel« unter http://krimiserien.heimat.eu/ (zuletzt aufgerufen am 4. April 2012) geführt.